Paul Forster | Eva Brill
Erdbeeren im Büro

Paul Forster | Eva Brill

Erdbeeren im Büro

Die Assistentin und ihr Chef.

KognosVerlagAugsburg

Die Deutsche Bibliothek – CIP-Einheitsaufnahme

Ein Titeldatensatz für diese Publikation ist bei der Deutschen Bibliothek erhältlich.

Internet: http://www.kognos.de

Paul Forster/Eva Brill
Erdbeeren im Büro
Die Assistentin und ihr Chef.

Lektorat: Michael Dörflinger, Claudia Gastl
Schlussredaktion: Sybille Schiller
Layout und Satz: Catarina Clemente
Umschlaggestaltung: Anette Kallmeier
Druck: Kessler Verlagsdruckerei, Bobingen

Printed in Germany

ISBN 3-931314-29-4

Vorwort

Sie halten einen Fachroman in Händen, der sich mit der Zusammenarbeit zwischen Chef und Assistentin beschäftigt. Eine muntere Geschichte wird erzählt, die nicht nur Spannung, sondern auch Fachwissen verspricht und deshalb für den Leser bzw. die Leserin viele praktische Tipps bereithält.

Die Zeiten in Chefbüros und Sekretariaten haben sich geändert. Unternehmen stehen vor großen Herausforderungen. Das hat natürlich auch Auswirkungen auf die Zusammenarbeit zwischen dem Chef, den Führungskräften und der Assistenz.

So wie im Roman die „alte Sekretärin“ buchstäblich das Handtuch wirft, haben veränderte Aufgabenfelder das neue Berufsbild der Assistentin geschaffen.

Statt das nötige Know-how unter diesen Gesichtspunkten zusammenzufassen, war es für uns ein viel größerer Anreiz, Kompetenz und Fachwissen anhand einer lebendigen Geschichte zu vermitteln, wie sie sich in vielen Betrieben abspielen könnte oder – wie wir glauben – auch tagtäglich abspielt.

Wenn sich aus dem flotten Büroroman dann im Verlauf ein Krimi entwickelt, so lag das ursprünglich nicht in unserer Absicht. Aber Geschichten gewinnen oft ein Eigenleben. So ist es dazu gekommen, dass wir auch auf einen mysteriösen Todesfall stoßen. Das tut uns leid. Wir konnten es nicht vermeiden. Im Nachhinein stehen wir jedoch dazu.

Das Fachwissen spielt im Roman eine große Rolle, deshalb haben wir die „Workshops“ eingeführt. Am Ende der meisten Kapitel finden Sie einen „offenen Kasten“, den wir mit Gedanken oder Hinweisen gefüllt haben. Damit Sie möglichst viel Nutzen daraus ziehen, haben wir dann, wenn es sinnvoll und möglich erschien, im Anhang Checklisten beigefügt, die Ihnen zeigen, wie man im Idealfall handelt – als Chef oder als Assistentin.

Noch eine letzte Vorbemerkung: Diesen Fachroman haben wir nicht nur für die Assistentin geschrieben. Es kann sicher nicht schaden, wenn auch Chefs dieses Buch lesen.

Als Autoren konnten wir – weil wir aus unserer Berufspraxis heraus geschrieben haben – nicht immer verhindern, dass die Sichtweise durch eigene Erfahrung geprägt ist. Doch vielleicht mag das ja auch eine Stärke dieses Buches sein.

Vorsorglich weisen wir darauf hin, dass keine der Figuren des Romans mit wirklichen Personen identisch ist.

Dennoch sind uns Sven, Kristina, Fabio, Max und Heike inzwischen so vertraut geworden, dass wir uns immer noch mit ihnen beschäftigen und die Geschichte deshalb weitergeht.

Dazu angeregt haben uns nicht zuletzt all jene, die uns mit Rat zur Seite gestanden haben. Es sind dies die Assistentinnen des Verlags, Stephanie Grundler und Elvira Volz, die Produktmanager und Lektoren Olivier Gstach, Michael Dörflinger, Claudia Gastl und last but not least die Journalistin und Schlussredakteurin Sybille Schiller. Herzlichen Dank!

Es wird eine Fortsetzung geben. Wir haben bereits begonnen.

Augsburg, im Juni 2002

Paul Forster   *Eva Brill*

Inhalt

C Aufgabenmanagement

D Das Strategie-Projekt

E Workshop

A Start

„Man muss sicher auf festem Boden gehen können, ehe man mit dem Seiltanzen beginnt."

Henri Matisse

Aufwachen

„Gustibärs, Gustibärs, Gustibärs, Gustibärs, Gustibärs, Gusti..." – Der Werbesong von „Gustis drolligen Gustibärs" dringt vom Radiowecker „frisch und fruchtig" durch das kleine, sonnendurchflutete Mansardenappartement im Münchener Westen und lässt Kristina vom Bett hochfahren.

Wer hat schon am Samstagmorgen Lust auf Gustibärs? Mit einem schnellen Griff zum Wecker hat es Kristina geschafft: Der nervige Jingle ist abgewürgt! Zum Glück! Erst gestern hatte sie erneut gesündigt, hatten sie diese Gustibärs zu einer wahren Fressorgie verführt.

Schuld an dieser blöden Gier nach Süßem war ohnehin nur Thomas.

„Wir könnten uns eigentlich mal wieder mit Sekt und Erdbeeren verwöhnen", meinte er, als sie sich das letzte Mal bei ihm zu Hause getroffen hatten. Doch wie immer war sein Kühlschrank leer gewesen.

Am nächsten Tag wollte sie ihn dann überraschen. Sie hatte einen wunderbaren Plan für diesen Abend. In ihrem Einkaufskorb hatte sie Erdbeeren und eine Flasche Prosecco.

Sie war sichtlich geschafft, als sie im zweiten Stock vor dem Jugendstileingang seiner Wohnung in der Donnersbergerstraße stand, für die Thomas ihr vor einigen Tagen den Schlüssel gegeben hatte. Durch die erst leicht geöffnete Wohnungstür konnte sie bis in sein Zimmer sehen, dessen Tür halb offen stand.

Sofort konnte sie diese braungebrannte Austauschstudentin aus Spanien erkennen, die sie schon einmal in der Sprachenschule gesehen hatte. Sie standen mitten im Zimmer und küssten sich. Keiner von den beiden bemerkte, dass Kristina bereits in der Wohnung war.

Ja, Thomas ist wirklich ein guter Liebhaber, sie wusste das nur zu gut. Der halbe Lehrstuhl ist hinter ihm her. Seine Literaturkurse werden an der Uni als Geheimtipp unter den Studentinnen gehandelt. Daher war es damals auch nicht ganz so einfach gewesen, noch einen Platz im Kurs „Spanisch für Anfänger" zu bekommen. Aber Thomas konnte es dann doch noch einrichten – auf seine Art eben.

Kristina liegt bäuchlings auf dem Bett und erinnert sich. Es war immer aufregend. An der Isar. Im Englischen Garten, am Chinesischen Turm. In Schwabing. Im Kino. Draußen am Starnberger See.

Thomas hatte eine so feine Art, jedes Treffen auf einen Höhepunkt hin zu inszenieren. Er war immer für Überraschungen gut. Ja, das war es, was sie an ihm so faszinierte. Man wusste nie, wie es weiter geht. Das Timing bestimmte er, wann und wo sie sich trafen und wie sie sich liebten. Seine Fantasie, den Höhepunkt immer weiter hinauszuschieben, um sich dann in gemeinsamer Ekstase irgendwo im Glück zu verlieren, das wird ihr fehlen.

Ob er die Abschiedsszene am Ende auch so perfekt inszeniert hatte? Diesen Gedanken verdrängte sie blitzschnell wieder. Sie konnte und wollte das nicht glauben. Sie fühlte sich ausgenutzt und verschaukelt.

Aber ihr Abgang, der war dann doch bühnenreif: Sie klingelte, ließ sich die Tür von ihm öffnen und knallte mit voller

Wucht den Einkaufskorb auf den Boden und damit den ganzen Ärger, den sie in diesem Augenblick empfand. Schade nur für den schönen Prosecco, der sich am Fußboden über die Erdbeeren ergoss.

Er kann ihr jetzt ein für alle Mal gestohlen bleiben. Mit dem wohlklingenden Befreiungsschlag gehörte die Aufmerksamkeit für den Bruchteil einer Schrecksekunde ganz ihr. Und sie genoss es, in diesem entscheidenden Moment den Ton anzugeben. Lautstark ließ sie die Tür hinter sich ins Schloss fallen. Die Vorstellung war beendet.

Kristina fühlte sich plötzlich sehr wohl und spürte so etwas wie Unabhängigkeit, Freiheit und Leichtigkeit.

‚Ich bin eine eigenständige Frau und Männer gibt es genug auf der Welt!' Sie lässt sich nicht unterkriegen, schon gar nicht von einem wie Thomas, so lieb er auch sein kann.

Kristina steht auf, mustert sich im Spiegel und findet sich durchaus attraktiv.

‚Um die Hüften bin ich vielleicht etwas füllig geworden, aber sonst ist alles genau dort, wo es hingehört. Außerdem gibt es ja noch Ralf.'

Doch warum jetzt gleich an Ralf denken? Den hatte sie doch schon längst abgehakt. Seine Einladung zum Flamenco-Kurs wird sie auch nicht annehmen. Sie möchte ihr Leben jetzt selbst in die Hand nehmen, sich nicht von Männern abhängig machen. Sie hat so viele Ideen und Möglichkeiten. Ganz neu anfangen, das ist die Lösung. Jetzt fühlt sich Kristina schon besser.

Pragmatisch wie sie ist, nimmt sie ihre Fitnessklamotten und geht zum Skipping in das benachbarte Studio.

Workshop

- Es tut gut, sich erst mal abzureagieren.
- Wichtiger ist, sich in Gelassenheit zu üben.
- Daran denken: Aus jeder Niederlage kann eine Chance erwachsen.

Ende einer Ära

„Kün-di-gen? Habe ich richtig gehört, Sie wollen kündigen, Frau Steiner?“ Damit hatte Sven Hoffmann nun wirklich nicht gerechnet.

Nach dem Tod seines Vaters vor vier Wochen hat er die Gummibärchen-Firma geerbt und damit die Sekretärin gleich mitbekommen. Er war ganz froh darüber. Denn so hatte er jemand, der ihm eine Stütze war. Frau Steiner arbeitete in der traditionsreichen Firma so lange er denken kann. Seine Mutter sagte öfter, sie hätte das Gefühl, dass sein Vater eher mit seiner Sekretärin und seiner Firma als mit ihr verheiratet wäre. Verheiratet in Anführungszeichen! Sie hat dabei immer ein wenig gelächelt. Denn Hanno Hoffmann hatte mit ihr eine glückliche Ehe geführt, soweit Sven dies beurteilen konnte.

„Sie können mich jederzeit nach allem fragen. Ich kenne die Firma besser als ihr Vater sie kannte“, das waren ihre ersten hilfreichen, sehr selbstbewussten Worte, als er auf dem Ledersessel seines Vaters Platz nahm. Das tat gut, denn gleich nach dem Examen als Geschäftsführer anzufangen, verlangte eine gehörige Portion Mut, aber manchmal kamen eben doch Unsicherheit und Ängste auf.

Die Gegenwart von Frau Steiner beruhigte ihn in jeder Hinsicht, von Anfang an.

Als sie nun in sein Zimmer kam und mit dem Kuvert in der Hand vor seinem Schreibtisch stehen blieb, ahnte er noch nichts von ihrer Absicht, den Betrieb zu verlassen.

„Ich kann nicht anders, Herr Hoffmann. Ihr Vater würde mich verstehen. Für mich ist das zu viel. Hier ist meine Kündigung."

Sven nimmt das Schreiben entgegen und ist sprachlos, was bei ihm in der Tat selten vorkommt. Er fühlt sich vor den Kopf gestoßen. Dieses lächerliche Stück Papier droht seine ganzen Pläne zu durchkreuzen.

Was hat er sich alles vorgenommen! Er will das Unternehmen in den nächsten Wochen und Monaten nicht nur kennen lernen, sondern auch ganz schnell gehörig umkrempeln. Da braucht man einen ruhenden Pol, einen Fels in der Brandung und eine Stütze. Und das war sie doch, die Steiner – das wäre sie gewesen!

Als Berufsanfänger konnte er zwar einen ordentlichen Uni-Abschluss vorweisen, auch hatte er in den Semesterferien in verschiedenen Firmen gearbeitet, aber schon die ersten Tage zeigten, dass die Wirklichkeit des Berufslebens noch ganz andere Gesetze kennt, von denen man an der Uni nichts hört.

Frau Steiner hatte dafür viel Verständnis gezeigt. In ihrer herben Mütterlichkeit erinnerte sie ihn manchmal an seinen Vater:

„Sie sollten sich nicht übernehmen, das hat doch noch Zeit, Sie müssen ja nicht alles auf einmal machen..."

Zunächst hatte er vor, die Produktion zu modernisieren und das Marketing auf neue Beine zu stellen.

„Ja, Herr Hoffmann, ich bedaure es sehr; aber ich kann dieses Tempo nicht mithalten. Ihr Vater würde das auch nicht gutheißen. Ich werde deshalb schweren Herzens vertragsgemäß zum Quartalsende das Unternehmen verlassen müssen. Abzüglich des verbliebenen Resturlaubs ist mein letzter Arbeitstag der dritte März“, so die überraschend klaren und nüchternen Worte der Steiner, die keinerlei Zweifel aufkommen lassen: Die Frau ist entschlossen zu gehen. Widerstand zwecklos!

Vielleicht war es auch das Gespräch neulich, das den Anstoß dafür gab.

„Wissen Sie Frau Steiner, bei mir sind Sie nicht Sekretärin, sondern Assistentin, Sie managen mich und mit mir die Firma. Dann werden wir gemeinsam den Laden umkrempeln.“

Sie hatte ihn nur schweigend angesehen und leicht den Kopf geschüttelt.

Vermutlich dachte sie: ‚Schuster bleib' bei deinen Leisten. Ich bin die Sekretärin und der junge Mann soll managen. So war es und so soll es auch bleiben!‘

‚Das war bereits die *innere Kündigung*‘, da ist Sven sich jetzt sicher.

Sie begründet ihren Entschluss Hoffmann junior gegenüber in erstaunlicher Deutlichkeit. Das hätte er so nicht erwartet. Sie scheint doch eine Menge von seinem Vater gelernt zu haben.

„Ich habe ein gutes Angebot bekommen, in einem kleinen mittelständischen Betrieb ganz bei mir in der Nähe als ‚richtige‘ Sekretärin zu arbeiten. Die langen Anfahrtswege hierher habe ich in der letzten Zeit zunehmend als Belastung empfunden, sodass dies eine einmalige Chance für mich ist. Schließlich bin ich ja auch nicht mehr die Jüngste. Hinzu kommt, dass der Chef von Mayer & Partner – im Übrigen eine größere Druckerei – ein guter Bekannter aus meiner Schulzeit ist. Er ist ein richtiger Chef, so einer vom alten Schlag, wenn Sie wissen, was ich meine."

Sven nickt verständig, obwohl er sie im Grunde überhaupt nicht versteht. Natürlich, Frau Steiner ist nicht mehr die Jüngste und die Ansichten, die sie vertritt, die kommen ihm mitunter schon etwas verstaubt vor.

Aber sie kennt die Firma wie niemand sonst. Sie weiß alles, kennt alle und kann sich an fast jedes Detail erinnern. Auch an vieles, das in keinem der Briefe, Protokolle und Verträge steht.

Für einen Augenblick wird ihm schwarz vor Augen. Er hatte eine Niederlage erlitten. Die erste große Niederlage. Das steckt man nicht einfach so weg.

Dennoch lässt er sich nicht kleinkriegen. Er überlegt kurz, ob er Frau Steiner halten kann, verwirft es aber gleich wieder. Das ist nicht die Lösung. Etwas ratlos schaut er dennoch aus seinem Chefsessel zu Frau Steiner auf. Erstaunlich, wie schnell bei ihm ein neuer Gedanke reift: Eine wesentlich jüngere und vor allem für Neues aufgeschlossene Assistentin würde bestimmt viel besser zu ihm und seinem Arbeitsstil passen. Sven hört der Steiner nur noch halb zu. Es interessiert ihn nicht, was deren neuer Chef in seiner Druckerei alles anders macht als er.

Mit der neuen Assistentin ließen sich seine Pläne, eine professionell geführte Büroorganisation aufzubauen, schneller realisieren.

In seiner Vorstellung verjüngt sich Marianne Steiner zusehends. Die charakteristische Lesebrille, die an einer Kette um ihren Hals hängt, wird zu einem modischen Accessoire. Vor ihm steht eine junge attraktive Frau mit Laptop und Handy, eine, die weiß was sie will: Mit ihm gemeinsam die Geschäftsführung mitorganisieren und mitgestalten.

Trotzig denkt er: ‚Soll die Steiner doch gehen, eigentlich passt sie gar nicht zu mir. Wer ist denn der Boss? Die Steiner oder ich?'

Am Abend – die Steiner ist bereits nach Hause gegangen – setzt er sich an seinen Laptop und formuliert eine Stellenanzeige für die nächste Wochenendausgabe der Süddeutschen. Und plötzlich ist Sven wieder guter Dinge, ja geradezu glücklich und zufrieden.

Was er jedoch nicht ahnt: Ganz so einfach wird es nicht werden.

Workshop

- ❍ Es gibt Signale und Ursachen für innere Kündigungen. (S. 193)
- ❍ Stellenanzeigen müssen aussagefähig sein. (S. 195)
- ❍ Das Aufgabenprofil für Sekretariat/Assistenz hat sich gewandelt. (S. 197)

Beruflich neu orientieren

Kristina kommt beim Skipping mächtig in Schwung. Heute hat sie wieder eine neue Sprungvariante ausprobiert, sich so richtig ins Zeug gelegt, um den Winterspeck abzutrainieren.

Nach dem Sport fühlt sie sich immer wie neugeboren. Dann hat sie oft die besten Ideen und es passieren die verrücktesten Dinge.

Auf dem Nachhauseweg vom Fitness-Studio kommt ihr das Gespräch mit ihrer Abteilungsleiterin bei Semes in den Sinn. Auch dort hatte sie sich mächtig ins Zeug gelegt: für einen Karrieresprung, versteht sich.

Seit ihrer Ausbildung als Kauffrau für Bürokommunikation ist sie für die internationale Auftragsabwicklung zuständig. Und die Ausbildung hatte ihr Spaß gemacht. Früher hätte sie sich nicht vorstellen können, dass sie sich mal für derart trockene Themen interessiert. Bürowirtschaft und Betriebswirtschaftslehre hat sie ebenso gepaukt wie Wirtschafts- und Sozialkunde sowie Informationsverarbeitung.

Am meisten haben sie jedoch die diversen Sekretariats- und Fachaufgaben gereizt, die sie in der Firma auch umsetzen konnte: Auftragsbearbeitung, Kommunikation und Organisation, das Finanz- und Rechnungswesen und nicht zuletzt die Informationsverarbeitung. In einem großen Konzern lernt man eine ganze Menge.

Allerdings will sie sich keineswegs nur als kleines Rädchen in einem großen Getriebe sehen. Denn als solches fühlt sie sich.

Kristina will weiterkommen und daher nimmt sie jede Möglichkeit zur Fortbildung wahr. Die Abteilungsleiterin hat ihre Wünsche meist erfüllt. Denn Kristina hat Pläne, große Pläne. Mit dem erfolgreichen Abschluss zur „geprüften Managementassistentin“ war ihr erst letzte Woche der große Clou gelungen.

Zusammen mit dem Sekretärinnenkurs sollte der Lehrgang nun das Sprungbrett zur Karriere sein.

Wie stolz war Kristina, als sie ihrer Abteilungsleiterin das gerade erworbene Zeugnis vorlegen konnte.

„Das haben Sie sehr gut gemacht. Ich wusste, dass Sie hervorragend abschneiden werden. Herzlichen Glückwunsch. Das öffnet Ihnen Tür und Tor.“

Das klang ja geradezu überschwänglich, was sonst nicht ihre Art war. Und das war mehr als nur ein Lob, das war fast wie eine Beförderung. Kristina ahnte dennoch nichts Gutes. Und dann kam es erst dick, dann knüppeldick. Auch wenn es Frau Röll, ihre Chefin, sehr vornehm formulierte.

„Sie wissen ja, dass wir konzernweit Personal abbauen. Auch unser Bereich und unsere Abteilung sind davon betroffen. Es wird selbst für hochqualifizierte Mitarbeiter äußerst eng.“

Kristina dachte: ‚Aha, es ist also tatsächlich so, wie immer wieder gesagt wird. Leistung lohnt sich nicht mehr in so einem großen Laden. Da wird oben was beschlossen und unten werden die Befehle ausgeführt. Kostenmanagement hat Vorrang.‘

Gefasst hörte sie weiter zu.

„Schon bevor Sie Ihren Lehrgang beendet hatten, war klar, dass wir uns hier in der Abteilung verkleinern müssen. Nachdem ich wusste, dass Sie sich für das Sekretariat des Bereichsleiters interessieren, habe ich Sie aus unserer Planung gestrichen. Das war doch sicher auch in Ihrem Sinn?“

Jetzt wurde es Kristina wirklich mulmig in der Magengegend.

„Sie standen auch schon in der Personalplanung der Bereichsleitung. Doch dann kam der Stopp von oben. In der Bereichsleitung werden die Zweier-Vorzimmer nur noch mit einer Dame besetzt."

Kristina war sich jetzt nicht mehr sicher, ob nicht doch eine Entlassung droht. Sie rechnete mit dem Schlimmsten. Man hörte ja vieles in der Firma.

„Wir können Ihnen aber im Meisterbüro der Kleinteilefertigung eine Sachbearbeiterstelle als Arbeitsvorbereiterin anbieten."

Das war schlimmer als die Entlassung. Kristina schüttelte den Kopf und verließ wortlos das Zimmer.

Das war – wie gesagt – gestern.

Doch heute Morgen sieht die Welt schon ganz anders aus. Kristina lässt sich nicht unterkriegen. Sie hat ihre Ziele und ist sich sicher, dass sie die auch erreicht.

Der Kaffee ist frisch aufgebrüht und mit aufgeschäumter Milch schmeckt er noch mal so gut. Für solche kleinen Extras muss am Samstag Zeit sein, ebenso wie für die Lektüre der Wochenendausgabe ihrer Tageszeitung, der Süddeutschen.

‚Mal sehen, ob heute nicht interessante Stellenangebote drin stehen', denkt sie, überblättert schnell Sport und Feuilleton, bis sie findet, wonach sie sucht.

‚Assistenz der Geschäftsleitung. Danach sollte ich weitersuchen.'

Obwohl der Stellenmarkt die Samstagszeitung dick wie ein Paket macht, sind solche Angebote sehr selten.

Kristina wird dennoch fündig.

‚Das ist es!'

Zum nächstmöglichen Termin suchen wir eine(n) Assistentin/Assistenten der Geschäftsleitung m/w. Zu Ihren Tätigkeitsbereichen zählen neben allgemeinen Sekretariatsaufgaben auch der Auf- und Ausbau der Seminarorganisation sowie die Mitwirkung bei der Vertriebs- und Marketingplanung.

Die Anzeige selbst ist eher klein, beinahe unscheinbar. Sie liest weiter:

Als Voraussetzung sollten Sie gute Kenntnisse in MS-Office, sowie Sicherheit im Umgang mit unseren Geschäftspartnern und überdurchschnittliche Leistungsbereitschaft mitbringen.

Klingt soweit alles recht gut. Die Forderung nach „überdurchschnittlicher Einsatzbereitschaft“ oder „hoher Belastbarkeit“ gehört ja schon zum Standard einer Stellenanzeige, ganz gleich für welche Position sie ausgeschrieben ist.

Erst beim Blick auf die Branche, die ganz unten aufgeführt ist, kommen ihr Zweifel: „PC-Großhandel Marek“.

‚Oh nein, in der selben Branche will ich auf keinen Fall wieder arbeiten. Jetzt will ich erst mal etwas anderes kennen lernen. Betriebe gibt's doch genug!‘

Kristina blättert weiter. Ihr Blick gleitet über die verschiedenen Anzeigen, aber es ist nichts Ansprechendes dabei. Werden denn nur noch IT-Professionals und Vertriebsleute gesucht? Vielleicht ist sie doch nicht vom Glück verfolgt.

Gerade wollte sie die Zeitung packen und kurzerhand ins Altpapier befördern, da sticht ihr etwas Gelbes ins Auge.

Tatsächlich, ein überdimensionaler gelber Gummibär lächelt sie an.

Wir sind ein international operierendes Unternehmen der Ernährungswirtschaft. Unsere Marke ist weltweit ein Begriff. Für unseren Geschäftsführer suchen wir zum baldmöglichsten Eintritt eine Assistenz der Geschäftsleitung m/w usw.

‚Volltreffer!'

Kristina liest die Anzeige nicht mal mehr zu Ende. Sie denkt an heute Morgen, an den munteren Gusti-Song über die „lecker-fruchtigen" Gustibärs.

‚Ja, es ist tatsächlich Gusti, die haben eine Stelle für mich!'

Gedankenverloren starrt sie eine Weile auf die noch halbvolle Tüte mit den Gustibärs, bevor sie sich schließlich ihren ersten Gustibär an diesem Samstag gönnt und zu träumen beginnt: von einem tollen Job, Messeauftritten, einem aufmerksamen, jungen und dynamischen Chef und, und, und.

Das Wochenende fängt auch wirklich viel versprechend an: zuerst der Jingle als Guter-Morgen-Weckruf, dann die Annonce in der Zeitung und schließlich die restlichen Gummibärchen als Anreiz, mit einer Bewerbung bei der Gusti GmbH zu neuen Ufern aufzubrechen. Mit etwas Glück könnte sie bei ihrem vielen Resturlaub schon sehr schnell bei Gusti als Assistentin beginnen. Das sind doch gute Aussichten, oder?

Die selbstverordnete Gusti-Enthaltsamkeit ist über die Option, endlich den Traumjob zu bekommen, schnell wieder vergessen. Außerdem ist sie für den Abend mit Ralf verabredet. Nicht zum Flamencotanzen, einfach so.

Wenn sie gewusst hätte, wozu sie diese Gustibärs in Wahrheit verführen sollten, hätte Kristina vielleicht doch noch gezögert. Aber so gab es für sie kein Halten mehr. Den Job muss sie haben, koste es was es wolle.

Und diese Gustibärs schmecken ja auch wirklich verdammt gut.

Workshop

- Zufallserfolge sind selten, systematische Stellensuche führt eher zum Erfolg.
- Das Internet ist zur Fundgrube für Stellenangebote geworden.
- Aus der Stellenanzeige/dem Internetauftritt wird die Unternehmenskultur deutlich.

Bewerberflut

Am Montag gehen bei Gusti jede Menge schriftlicher Bewerbungen ein. Für Sven beginnt damit die Qual der Wahl. Eine wahre Flut von Bewerberinnen lächelt den künftigen Chef aus Pass- oder Studiobildern an.

Da wäre die flotte Rothaarige mit den wasserblauen Augen und Fremdsprachendiplom, die blonde Sportliche mit der frechen Kurzhaarfrisur und ausgewiesenen Computerkenntnissen oder die in Ostexporten versierte Polin, die bereits bei einer großen Speditionsfirma wertvolle Erfahrungen gesammelt hat.

Auf dem zu großen Schreibtisch – ein Erbstück von Gründer-Großpapa Gustav Hoffmann – begannen sich die Bewerbungsmappen im Laufe der Woche zu stapeln. Er scheint unter der Last potenzieller Assistentinnen noch gewichtiger als sonst, jedenfalls gewichtig genug für die schwere Entscheidung, die hier gefällt werden soll.

Als Frau Steiner mitbekommt, dass sich der junge Hoffmann tagtäglich beinahe nur noch mit Bewerbungen beschäftigt, greift sie ein.

„Ihr Herr Vater hat die Bewerbungen immer erst gesammelt und sie von mir vorsortieren lassen. Nicht alles, was eintrifft, ist es überhaupt wert, genauer geprüft zu werden. Da kann man jede Menge Zeit sparen. Außerdem ist das Urteilsvermögen geschärft, wenn man sich dafür einen Tag vornimmt, an dem man sich vornehmlich nur mit den Bewerbungen befasst."

Da mag die Steiner Recht haben. Viel ist in dieser Woche liegen geblieben, nicht nur die Mappen der Kandidatinnen, die er beim besten Willen nicht alle sichten kann. Sein Blick fällt auf den Stapel, den Frau Steiner gerade noch etwas aufstockt.

„Heute sind noch mal fünfzehn Bewerbungen eingegangen."

Sven wird mit einem Schlag klar: Die Steiner hat mal wieder Recht. Er legt sich den Termin für sein Auswahlverfahren jetzt auf nächste Woche Mittwoch.

Eine Woche später sitzt Sven wieder am Schreibtisch und studiert die Bewerbungspapiere, diesmal allerdings mit System. Er ist so konzentriert, dass er nicht merkt, wie Michelle, seine langjährige Freundin, an ihn herantritt. Vorsichtig blickt sie ihm über die Schultern in die Unterlagen einer gewissen Kristina Bendix.

‚Die sieht ja verdammt gut aus', denkt sie.

„Darf ich mal lesen, was die so zu bieten hat?", fragt sie.

Schnell bereut Sven, dass er ihr die Unterlagen gegeben hat.

„Die kommt ja aus einer ganz falschen Ecke", kommentiert Michelle. „Erstens Computer, das sind doch nicht deine Produkte. Und dann Semes, ein Großunternehmen. Da geht doch alles viel bürokratischer zu. Wer dort gearbeitet hat, kommt doch bei uns nicht zurecht."

Sie will unbedingt verhindern, dass Sven sich für diese Bewerberin entscheidet. Sie weiß aber auch, dass Sven sich von ihr nichts sagen lässt. Schon letzte Woche hat er abgewunken, als sie ihn gebeten hatte, die Bewerbungsunterlagen doch mal mit nach Hause zu nehmen.

Raffiniert wie sie ist, hat sie einen ganz anderen Plan.

„Fachlich bringt diese Bendix ja alles mit. Doch, ich könnte mir schon vorstellen, dass sie die Richtige für dich ist. Allerdings kann ich mir nicht vorstellen, dass sie in einer Gummibärchen-Firma glücklich wird."

Und jetzt setzt sie noch eins drauf:

„Auch du wirst mit ihr nicht glücklich werden. Du musst ihr ja alles erklären. Wie das bei euch in der Branche läuft, mit dem Handel, mit den Einkäufern. Messeerfahrungen hat sie auch keine. Wie soll sie dich da vertreten können?"

Während sie dies so ruhig wie nur möglich ausspricht, ist ihr klar: ‚Er steht auf brünett, auf große dunkle Augen, das kann nicht gut gehen!'

Doch auch diese Gedanken behält sie für sich und beobachtet Sven, wie er ratlos immer wieder die Mappe durchblättert und sie dann achtlos auf die Seite legt.

„Ich weiß gar nicht, ob sie dein Typ ist. Jemand der so attraktiv aussieht, hat doch ganz andere Interessen."

Sven ist genervt und möchte das Gespräch so schnell wie möglich abbrechen. Natürlich gefällt ihm Kristina Bendix recht gut. Er stellt sich vor, statt der unscheinbaren, mächtigen Frau Steiner eine angenehme Kristina in seiner Nähe zu haben. Da geht man doch viel lieber ins Büro und es fällt auch leichter, Überstunden zu machen.

Um das Gespräch möglichst schnell in eine andere Richtung zu lenken, schlägt er seine Nummer zwei auf, eine Bewerberin, die er sich ebenfalls ausgeguckt hat, die er sich durchaus auch vorstellen kann.

Doch Michelle ist nicht bereit, sich noch eine Bewerberin anzusehen. Hauptsache nicht Kristina.

„Komm, lass uns erst mal Mittag machen, die Ladies können wirklich noch ein Weilchen warten!", setzt er zu ihrer Freude der leidigen Diskussion ein unerwartet schnelles Ende.

Doch beim Essen rutscht es ihr dann doch heraus. „Diese Kristina Bendix ist nicht die richtige Assistentin für dich. Ich bin strikt dagegen."

Sven widerspricht nicht, aber er weiß, was diese Ablehnung bei Michelle bedeutet. ‚Nur über meine Leiche!'

Und er weiß, was als Geschäftsmann zu tun ist. Wenn Kristina Bendix in Wirklichkeit so ist, wie es die Bewerbungsmappe vermuten lässt, wird er sich trotz Michelles Einwänden für sie entscheiden. Schließlich muss Privates und Geschäftliches streng getrennt bleiben.

Workshop

- ❍ Bewerbungen sollten zunächst gesammelt werden.
- ❍ Erste Durchsicht: Bewerbungen, die aus formalen Gründen oder wegen eines zu geringen Bezuges zum Anforderungsprofil ausscheiden, sofort zurückschicken. (S. 198)
- ❍ Persönliche Stellungnahmen in der Anfangsphase vermeiden.

Erste Auswahl

Wieder zurück in seinem Büro legt er demonstrativ die Mappe von Kristina Bendix oben auf den Stoß. Er schlägt sie auf und geht die Unterlagen noch einmal in Ruhe durch. Nein, er lässt sich doch keine Vorschriften machen, diese Kristina Bendix, die ist es. Sie entspricht weitgehend dem Anforderungsprofil, das er im Kopf hat.

‚Im Kopf, ja. Warum habe ich es eigentlich nicht aufgeschrieben? Das wäre sicher hilfreich und ich würde mir leichter tun. Aber es wird auch so gehen', denkt Sven, ‚ich habe ja eine grobe Vorstellung.'

‚Das reicht nicht aus, lieber Sven', so würde Max, sein Freund und ehemaliger Studienkollege, der Unternehmensberater zu ihm sagen.

‚Der hat gut reden. Das hätte wieder einige Zeit gekostet.'

Doch Sven wird noch sehen, dass eine gute Vorbereitung zu

Beginn zwar mehr Zeit kostet, die man später aber einspart. Auch wird die Entscheidung nachvollziehbar.

Sven geht anders vor. Er sieht die Bewerbungen daraufhin durch, wer denn zunächst nicht infrage kommt. So entstehen zwei Haufen. Einer bleibt auf dem Schreibtisch, der andere wird von ihm kurzerhand auf den Fußboden befördert.

‚Ich verstehe gar nicht, warum viele der Bewerberinnen noch nicht einmal die formalen Grundregeln beachten', denkt Sven, ‚es ist doch schade um die Zeit, und Geld kostet es obendrein.'

In der Tat, da gibt es solche, bei denen nicht mal das Anschreiben korrekt formuliert ist.

„Schweizer Marianne, statt Marianne Schweizer", die Telefonnummer nicht bei der Adresse, die Adresse zu hoch oder zu tief, die Firma falsch geschrieben, der Adressat zwar angeschrieben, aber dann doch in der Anrede „Meine sehr geehrten Damen und Herren", und so weiter und so fort. Ganz abgesehen davon, dass einige in einem zerknitterten Kuvert abgeschickt oder gar nicht erst in einen Bewerbungsordner eingehängt wurden. Auch solche, die in sperriger überdimensionierter Form eintreffen, werden von Sven ausgemustert.

‚Wer sich so aufplustert..., na ja.'

Ungefähr die Hälfte der Bewerbungen fallen hier buchstäblich raus und landen auf dem Fußboden. Dann die Fotos. Sven macht das ja zum ersten Mal. Aber es ist doch klar, dass unvorteilhafte Aufnahmen abstoßen.

‚Ein bisschen kann sich doch jeder Bewerber in Szene setzen.'

Auf der anderen Seite hat er welche ausgemustert, die Aufnahmen geschickt haben, die er sich besser in einer Fotoausstellung vorstellen könnte.

‚So übertreiben müssen die dann ja auch nicht.'

Und dann geht es schlichtweg darum, erstmal die auszusondern, bei denen die geforderte Schulbildung, die Erfahrungen oder Kenntnisse nicht dem Anforderungsprofil entsprechen.

Hier muss Sven schon genauer hinsehen.

‚Eigentlich hätte das auch die Steiner machen können, dann hätte ich viel Zeit gespart.' Aber jetzt will er sie auch nicht mehr mit einbeziehen.

Sven arbeitet sich weiter durch die Bewerbungen.

‚Ich schaue mir zuerst an, was die Damen gemacht haben. Ob sie in ähnlichen Positionen gearbeitet haben, ob sie sich in ihrer beruflichen Laufbahn weiterentwickelt haben, sich ihr Aufgabenbereich und/oder ihr Verantwortungsbereich erweitert hat.'

Sven ist stolz, wie professionell er als ganz junger Chef schon vorgeht.

‚Ich krieg' richtig System rein in die Sache. Und schon wieder fallen zehn Prozent raus. Der Stoß, der übrig bleibt, wird immer kleiner.'

Jetzt noch schnell die Zeugnisse angeschaut. Hier nervt es ihn, hinter die gedrechselten Formulierungen sehen zu müssen.

‚Da sollte ich mir mal ein Buch kaufen, in dem das alles drin steht', denkt er gerade, als ihm Frau Steiner vom Vorzimmer aus zuruft:

„Mit ihrem Vater habe ich übrigens einen Spickzettel für die Zeugnisformulierungen gemacht, der uns auch hilft, eigene Zeugnisse zu schreiben."

‚Das hätten Sie mir auch etwas früher sagen können', hätte er am liebsten zurückgerufen. Aber mit Frau Steiner wird er sich in der verbleibenden kurzen Zeit nicht mehr anlegen.

Jetzt also die Formulierungen. Er überfliegt den Spickzettel, den sie ihm auf den Schreibtisch legte. Schon wieder reduzieren sich die Bewerbungen. Am Ende bleiben noch zehn übrig.

„Denken Sie dran, Herr Hoffmann, dass Sie auch die aussortierten nicht alle auf einen Haufen werfen. Ihr Vater hat sich immer noch diejenigen aufgehoben, die auch dann noch infrage kommen könnten, wenn man ein Auge zudrückt."

‚Sie hat schon wieder Recht. Es ist nicht zu glauben. Ich bin gespannt, ob die Neue auch mit solchen oder ähnlichen Ratschlägen zur Stelle ist. Das kann ja heiter werden.'

Sven weiß, bald ist er am Ziel, dann steht seine Auswahl.

Er muss sich aber auch eingestehen, dass er letzten Endes unter den zehn ersten die beiden nach oben legt, die ihm vom Foto und von der Bewerbungsmappe her am sympathischsten sind.

Zuoberst platziert er die Mappe der Kristina Bendix und die der Chantal Helmholtz.

Workshop

- Die richtige Bewerbervorauswahl spart Zeit und führt zu besseren Entscheidungen.
- Zeugnisse lesen will gelernt sein. (S. 199)

Vor dem Vorstellungsgespräch

Noch ein kurzer Blick in den Spiegel, ein wohlwollendes Nicken und es geht los. Um 8.15 Uhr hat Kristina ihr Vorstellungsgespräch bei Gusti.

Der Anruf kam vor zwei Tagen völlig überraschend. Heike, ihre beste Freundin, hatte eigentlich gar nicht so recht damit gerechnet, dass Kristina es tatsächlich schaffen würde, eingeladen zu werden. Noch am selben Tag kam sie dann bei ihr vorbei zum „Gratulieren und Motivieren", wie sie sagte, während Kristina sich auf ihren frischgebackenen Apfelkuchen stürzte.

„In den ersten drei Sekunden, wenn der Kandidat oder die Kandidatin mein Zimmer betritt, weiß ich schon, ob es klappt oder nicht", hat mir mein erster Chef erzählt. „Die Entscheidung fällt im Grunde zu mehr als achtzig Prozent schon in diesem Augenblick. Ich spüre sofort, ob die Chemie stimmt, ob wir zusammenpassen, ob er oder sie zu uns passt."

‚Das hätte ich zwar nicht gedacht, aber eigentlich ist es klar', dachte Kristina, ‚denn die Fakten kennt er und jetzt sieht er mich als Persönlichkeit, dann hat er ja alles, was er braucht.'

„Was folgt daraus, meine Liebe?" Heike setzte sich – wie so oft – gern ein wenig in Szene. Dabei wirkt sie richtig putzig. Dennoch strahlt sie die Kompetenz einer erfahrenen Freundin aus. Noch dazu ist sie bereits eine perfekte Chefassistentin, was Kristina ja erst noch erreichen will.

„Es kommt also nicht so sehr darauf an, dass du dich optimal verkaufen kannst. Im Grunde musst du nur das bestätigen, was du geschrieben hast. Die Chefs wollen auf Nummer sicher gehen. Auch sie bereiten sich auf das Gespräch vor. Sie lesen, was du gemacht hast und das klopfen sie ab, das wird hinterfragt."

„Aus dieser Sicht habe ich das noch gar nicht gesehen. Aber klar, man sollte viel mehr daran denken, was der andere denkt, welche Absichten er verfolgt, und sogar was er für Probleme hat."

„Und Kristina", Heike wurde plötzlich freundschaftlich-mütterlich, „denke ja nicht, dass diese Chefs Übermenschen sind. Für manche ist das auch eine Stress-Situation. Sie müssen in relativ kurzer Zeit herausfinden, ob du geeignet bist. Schließlich tätigen sie in dich eine Investition, die sie vor sich selbst, ihren Gesellschaftern und auch vor ihren Mitarbeitern zu verantworten haben. Ich habe meinen jetzigen Chef, der echt ein toller Typ ist, schon ganz schön schwitzen sehen."

Und dann startete Heike durch:

„Denk also daran, vernünftig angezogen zu erscheinen. Du weißt, die ersten drei Sekunden sind entscheidend. Nicht zu aufwändig, nicht zu brav. Dein hellgrünes Kostüm und halbhohe Schuhe. Das wär's zum Beispiel.

Und dann wird er dir am Anfang einige Fragen stellen. Die meisten wollen erst mal wissen, was du gerade machst, ob du damit zufrieden bist, warum du dich verändern willst, was dich bewegt, zum Beispiel von Semes zu Gusti zu gehen."

„Das ist doch klar, Heike, das weiß ich doch."

„Sag das nicht. Also ganz schnell, was reizt dich an der Tätigkeit bei Gusti?"

Und schon spürte Kristina, dass man darüber gründlich nachdenken sollte, um es in einem Satz rüberzubringen.

„Kurz und knackig, wie bei einem Fernseh-Interview, so sollten deine Antworten kommen."

Nachdem sich Heike wieder ein Kuchenstück in den Mund

geschoben hatte, hielt sie die Gabel wie einen verlängerten Zeigefinger erhoben, um die Aufmerksamkeit wieder auf ihre Ausführungen zu lenken.

Kristina sah, was für eine super Figur Heike hat, obwohl sie so viel Süßes verschlingen konnte und starrte gebannt auf ihre Freundin, die jetzt erneut die Gabel locker zwischen ihren Fingern hin und her schwingen ließ, während sie ihre Erfahrungen zum Besten gab.

„Wenn du gut bist, also auch im Gespräch, brauchst du weder den Einstellungstermin anzusprechen, noch auf das Gehalt einzugehen. Das ergibt sich dann von ganz allein. Wenn du es umgekehrt machst, wirst du dein blaues Wunder erleben. Das bringt nichts. Im Gegenteil.

Dann solltest du dich auch genau für deine Aufgaben interessieren. Assistenz ist ein weites Feld. Jeder Chef versteht darunter etwas anderes. Also kläre bitte, was von dir erwartet wird und ob du tatsächlich mehr darfst als Kaffee kochen und Briefe schreiben. Schließlich hast du in dich investiert und kannst was."

An all das denkt Kristina, als sie in der U-Bahn sitzt und zu den Gusti-Bärchen fährt.

‚Was hatte Heike noch gemeint? Ich sollte auch möglichst viel über meine neue Firma wissen. Darüber unterhalten sich Chefs, insbesondere Inhaber, am liebsten, das ist ihr Thema, bei Tag und bei Nacht.'

Und sie hatte sich in der Zwischenzeit nicht nur um das Unternehmen Gusti, sondern auch um die Gummibärchen gekümmert. Sie weiß alles darüber, fast alles.

Über das Internet häufte sie sich in kürzester Zeit derart viel Wissen über das Unternehmen an, dass sie damit locker in einer Quizshow hätte auftreten können. – Der erste Preis wäre ihr sicher gewesen! Kristina kennt das breite Gusti-Sortiment an bunten Fruchtgummi-, Lakritz- und Schaumzucker-Gebilden, weiß alles über die verwendeten Rohstoffe, über Nährwertinhalte und Herstellungsverfahren.

Auch die Unternehmensgeschichte war auf der Homepage nachzulesen und wurde von ihr für das Vorstellungsgespräch haargenau verinnerlicht.

Außerdem hatte sie ausgiebige Feldforschung betrieben, um auch geschmackstechnisch auf dem aktuellen Stand zu sein. Die perfekte Ausrede fürs Naschen.

Im Supermarkt an der Ecke hatte Kristina das komplette Süßwarensortiment nach Gusti-Produkten durchstöbert, um von jeder Leckerei eine Probepackung mitzunehmen. Die Ausbeute war enorm und steigerte ihren Ehrgeiz: Zu Hause hatte sie sich genüsslich sämtliche Fruchtgummi-, Lakritz- und Schaumzuckererzeugnisse sowie Fruchtspeck und Kaubonbons auf dem Gaumen zergehen lassen, bis ihr von den süßen Häppchen ziemlich übel geworden war.

„Aber was tut man nicht alles, um Erfolg zu haben!“, munterte sich Kristina auf, während sie spät in der Nacht noch einen ungesüßten Kümmeltee hatte kochen müssen. Der beruhigte zwar den Magen, aber vor lauter Aufregung hatte sie dennoch kaum ein Auge zugemacht. Um sechs Uhr morgens hatte Kristina dann begonnen, sich langsam in Schale zu werfen.

Und nun war es so weit:

‚Der Rock des hellgrünen Kostüms sitzt zwar etwas stramm um die Hüften’, so ihr stummer Kommentar zum Outfit, beim abschließenden Rundumblick in den Spiegel. Aber sonst scheint alles perfekt für den großen Auftritt.

Kristina freut sich darauf.

Workshop

- Einstellungsgespräche sollten von beiden Seiten vorbereitet werden, vom Bewerber und vom Unternehmen. (S. 202, 203)
- Richtiges Verhalten und angemessene Kleidung haben großen Einfluss auf das Ergebnis von Bewerbungsgesprächen. (S. 203)

Ich hab's verpatzt

Bester Laune erwartet Hoffmann die erste Bewerberin. Ist es nicht schön, sich die Menschen aussuchen zu können, mit denen man zusammenarbeitet? Wer kann das schon? Sven spürt zum ersten Mal, dass er Macht besitzt. Er genießt dieses starke Gefühl, jedoch nur für einen Augenblick. Sicher, von seiner Entscheidung hängt auch der Lebensweg anderer ab, doch jeder würde an seiner Stelle sachgerechte Entscheidungen zu treffen haben. Einer muss es ja tun. Er wird jetzt nicht philosophieren, sondern die beste Bewerberin aussuchen. Basta.

Einen ausgefeilten Fragenkatalog hat er sich zurechtgelegt und mit Max vorab durchgesprochen, um im Bewerbungsgespräch die Fäden richtig ziehen zu können.

Und Max dozierte: „Fach- und Methodenkompetenz, soziale und persönliche Kompetenz sowie Engagement und Einsatzbereitschaft sind wichtig. Danach musst du die Kandidatinnen befragen, befragen und nochmals befragen. Darüber darfst du aber auf keinen Fall vergessen, dass die Bewerberinnen sich von selbst ins Gespräch bringen können. Erzählen lassen und Zuhören, lautet die zweite Maxime. Da kann man manchmal viel mehr heraushören, was den Bewerbern wirklich wichtig ist im Job."

Max zeigte ihm auch, dass es mit den klassischen W-Fragen bei Weitem nicht getan sei. Schnell war auch klar, dass ein eigener Fragenkatalog in Anlehnung an das Anforderungsprofil festgelegt werden muss, sonst würden wichtige Punkte vergessen.

„Schließlich ist es ja dein erstes Bewerbungsverfahren, das du durchführst. Da muss schon alles stimmen! Du solltest dir auch nicht in die Karten schauen lassen! Der Chef bist du. Du hältst das Heft in der Hand! Du führst Regie!"

Doch sklavisch will er sich keinesfalls an die Vorgaben halten. Sven ist alles andere als ein bürokratischer Typ, der nach Vorschriften arbeitet. Dazu ist er viel zu kreativ. Er möchte die Sache lieber intuitiv angehen. Aber er weiß auch, ohne System geht so etwas nicht.

Neben der fachlichen Qualifikation möchte er vor allem die persönliche Eignung abprüfen. Die scheint ihm fast noch wichtiger zu sein. Und dabei will er sich ganz auf seine Menschenkenntnis verlassen.

Mit Michelle wird er sich schon arrangieren, wenn er sich für die Bendix entscheidet. Insgeheim hofft er, diese Kristina würde wirklich nicht so einen guten Eindruck machen, wie es ihre Bewerbung verspricht. Aber das ist dumm, das weiß er auch.

Es ist bereits 8.05 Uhr und eine Kristina Bendix ist zur vereinbarten Zeit noch nicht in Sicht. Auch um 8.15 Uhr kein Lebenszeichen von ihr. Sven schaut auf die Uhr, hört ins Vorzimmer hinaus, blättert die Bewerbungsunterlagen von Kristina Bendix zum wiederholten Mal durch.

‚Wie man sich so täuschen kann, damit hätte ich bei dieser Bewerberin wirklich nicht gerechnet', denkt Sven und verabschiedet sich gedanklich bereits von ihr. ‚Die scheidet aus, wer nicht pünktlich ist, kommt nicht infrage, schon gar nicht für diese Stelle.'

Verärgert legt er die Bewerbungsunterlagen hinter sich auf den Schrank. Michelle sollte Recht behalten: ‚Die ist es nicht!'

Er fühlt sich fast persönlich getroffen. Seine Favoritin. Bei ihr hat er sich so getäuscht? Er zweifelt an sich selbst. Das verstärkt den Ärger noch mehr. Wenn sie kommt, wird er sagen: ‚Wissen Sie, ich hätte Sie gern eingestellt, aber wenn das schon so losgeht, das kann nichts werden. Wir kommen nicht zusammen. Ein Gespräch erübrigt sich. Vielen Dank, dass Sie gekommen sind, auf Wiedersehen.'

Dann geht die Tür auf. Es ist 8.20 Uhr. Frau Steiner führt Kristina Bendix in sein Zimmer.

Sven steht mürrisch vom Schreibtisch auf und sieht eine strahlende junge Frau, die ihm freundlich ihre Hand entgegenstreckt. Er ist wie verwandelt, weiß aber nicht warum. Unerklärlich.

Bevor sie eine Entschuldigung vorbringen kann, hört er sich sagen: „Um diese Zeit ist immer ziemlich viel Verkehr. Sind Sie mit dem Auto gekommen?"

So wie die Bewerberin vor ihm steht, offen, charmant in ihrem schicken, hellgrünen Kostüm mit ihrem leicht geröteten Gesicht, den brünetten Haaren, die ein wenig in die Stirn fallen, kann er nicht anders. Er holt die Bewerbungsunterlagen wieder hervor und bietet ihr den Platz am Besprechungstisch an.

So hatte er sich die Bendix vorgestellt, genau so, nur nicht ganz so abgehetzt. Irgend etwas musste auf dem Weg hierher passiert sein. Aber was? Diese Frau macht ihn neugierig. Aber sie würde es ihm gleich verraten, da war er sich sicher.

‚Das mit dem Stolperer auf dem Weg zur U-Bahn kann ich ihm doch nicht sagen. Was denkt der denn von mir? Und dann die Sache mit den Schuhen. Und dass ich zwei U-Bahnen früher genommen habe und dann doch noch mal nach Hause musste, um die Schuhe zu wechseln, und dass dann doch alles noch geklappt hätte, wären nicht die Türen der U-Bahn am Marienplatz gute zwanzig Minuten nicht aufgegangen. Das glaubt der mir doch nie. Das würde doch niemand glauben.'

Eigentlich müsste ich nur sagen: ‚Ja, es war einfach zu viel Verkehr.' Doch Kristina kann und will nicht die Unwahrheit sagen. Das passt nicht zu ihr. So darf man eine neue Verbindung nicht beginnen.

Nachdem der hohe Absatz an einem ihrer neuen Pumps irreparablen Schaden genommen hatte, konnte sie zu Hause nur noch diese Sandalen im Konfirmandinnenstil finden. Die passten wenigstens farblich einigermaßen. Aber die Treter wollte sie eigentlich längst entsorgt wissen, und dann das:

‚Ausgerechnet zum Vorstellungsgespräch muss ich in diesem Schuhwerk erscheinen! Nicht einmal einen kleinen Absatz haben die! Von einem großen Auftritt kann da wirklich keine Rede sein! Dabei wollte ich mit den neuen Schuhen doch unbedingt noch ein paar Zentimeter draufsetzen!'

Kristina ringt schwer mit sich und einer akzeptablen Entschuldigung. Doch sie sagt nicht: ‚Ja, es war ein Stau am Mittleren Ring', sondern sie sagt: „Die Türen in der U-Bahn gingen zwanzig Minuten nicht auf. Tut mir leid."

Ob ihr Hoffmann das abnimmt? Kristina bleibt nervös.

Ihm entgeht es nicht.

‚Ich hab's verpatzt', denkt sich Kristina, während sie einen von den Gustibärs in den Mund steckt, die ihr Hoffmann anbietet.

„Wie ich sehe, haben sie nach dem Abitur eine Lehre als Kauffrau für Bürokommunikation bei Semes abgeschlossen, dann einen Sekretärinnenkurs belegt und zuletzt einen Lehrgang zur ‚geprüften Managementassistentin' absolviert. Welches Ziel verfolgen Sie denn mit der Zusatzausbildung?"

Kristina erklärt ihm, wie sehr ihr daran liegt, nicht nur Aufträge auszuführen, Briefe nach Angaben zu schreiben oder Routineaufgaben auszuführen.

„Mehr und mehr hat es mich interessiert, wie Betriebe geführt, gemanagt werden. Ich hatte gedacht, dass ich bei Semes an eine solche Stelle, vielleicht in der Bereichsleitung komme, aber es war nicht möglich, die interessanten sind besetzt. Dazu kommt: Überall werden Stellen abgebaut."

Sven überlegt kurz, ob es sein kann, dass sie vielleicht die alltäglichen Arbeiten einer Sekretärin bzw. Assistentin nicht gern erledigt und diese dann zu kurz kommen. Das kann er sich nicht leisten.

‚Hinlangen sollte sie schon.'

Kaum hat er diesen Zweifel auch nur angedacht, schiebt er ihn wieder beiseite. Kristina überzeugt ihn vom Gegenteil.

„Es macht mir Spaß, Ordnung zu schaffen, alles zu tun, dass ich und mein Chef den Überblick behalten können, und da geht es darum, viele Kleinigkeiten auf die Reihe zu bringen. Das ist meine Stärke."

Sie nutzt die Chance, noch ein wenig mehr über ihre alte Stelle zu erzählen. Sven hört gar nicht mehr richtig zu. Kristina erzählt von ihren Englisch- und Französisch-Kursen und davon, dass sie auch noch Italienisch vertiefen will.

„Im Herbst mache ich dann die Prüfung, um das ‚Certificate of Proficiency' zu erlangen, ein international anerkanntes Sprachdiplom."

Sie verschweigt, dass sie auch ein wenig Spanisch kann und hofft, ihr Gegenüber mit dem Gesagten überzeugen zu können.

„Gerade Ihre Kenntnisse in Französisch und Italienisch dürften für Sie bei uns von Vorteil sein, weil wir ja international aktiv sind." Sven würde mit ihr gern in Englisch weiterreden, doch er ist sich nicht sicher, ob er die Sprache noch beherrscht. Schließlich liegt ja sein letzter USA-Aufenthalt schon zwei Jahre zurück. Schade. So hätte er das gleich abprüfen können. Er will sich aber nicht blamieren. Keinesfalls.

‚Dieser Hoffmann scheint sich doch tatsächlich ausführlicher für meine Sprachkenntnisse zu interessieren', denkt sich Kristina auf der anderen Seite des Besprechungstisches.

Dann wird die klassischste aller Fragen im Bewerbungsgespräch gestellt:

„Sagen Sie, Frau Bendix, warum interessieren Sie sich eigentlich für diese Stelle bei Gusti?" Sven versucht das Gespräch erneut in seinem Sinne zu steuern. Schließlich hat er sich doch eigens ein paar Schlüsselfragen überlegt, die er seinen Kandidatinnen unbedingt stellen will. Und davon müssen noch einige abgehakt werden.

‚Typisch, jetzt kommt genau die Frage, auf der Heike so rumgehackt hat!' Kristina hat damit gerechnet, sich die Antwort gut überlegt:

„Einmal davon abgesehen, dass ich ab und an selbst sehr gerne Gustis nasche, strebe ich eine abwechslungsreichere, ausbaufähigere und vor allem auch verantwortungsvollere Position an", sagt sie. Aber Kristina ist unzufrieden: Eigentlich wollte sie doch anders argumentieren!

Sie fühlt sich in ihrem eng anliegenden Rock ziemlich bedrängt. Es fehlt ihr die Bewegungsfreiheit. Und die zurechtgelegte Antwort, die war im entscheidenden Moment verschwunden, einfach so.

‚Das auch noch!', gerät sie ins Grübeln.

Nur mühsam gelingt es ihr, die Sorge über die zum Platzen spannende Rocknaht etwas zu überspielen. Regungslos und kerzengerade sitzt sie auf dem Bewerberstuhl.

‚Nur keine falsche Bewegung jetzt!'

Dann ergreift sie die Flucht nach vorn – verbal versteht sich:

„Bei einem so bekannten Unternehmen zu arbeiten, in dem es einen Inhaber gibt, der die Firma leitet, und dem ich dabei helfen kann, seine vielfältigen Aufgaben zu erledigen, das ist so ein kleiner Traum von mir. Lieber hart und viel arbeiten, statt ein kleines Rädchen in einem großen Betrieb."

Auch im weiteren Gesprächsverlauf versucht sie mehr durch Worte als durch ganzen Körpereinsatz zu überzeugen.

‚Das habe ich jetzt ganz toll hingekriegt', denkt Kristina und sieht ihr Gegenüber mit wachsamen Augen an.

‚Offenen Blickkontakt halten!', erinnert sie sich an Heikes wohlwollenden Ratschlag und gibt ihr Bestes.

Sven ist unterdessen eine gewisse Unsicherheit im Auftreten der charmanten Bewerberin nicht entgangen. Er lässt sich aber nichts anmerken, sondern checkt seinen zurechtgelegten Fragenkatalog weiter der Reihe nach ab. Auch die restlichen Antworten fallen zu seiner vollen Zufriedenheit aus.

Sven freut sich, dass er richtig lag mit dieser Bendix und das Zu-spät-Kommen hat sie ja wirklich nicht zu verantworten.

‚Michelle kann sich auf den Kopf stellen!', denkt er sich und lächelt seiner Assistentin in spe aufmunternd zu: ‚Die wird's oder keine!'

Ein Blick auf die Uhr bringt ihn wieder zurück auf den Boden der Tatsachen: ‚Jetzt schnell die Kurve kriegen! Nur nicht verquatschen, schließlich kann ich sie ja noch zu einem zweiten Gespräch einladen! Und die nächste Bewerberin, die kann ja auch schon jeden Moment aufkreuzen!'

Auf dem Gang wird Kristina beinahe von einer ziemlich resoluten Dame zu Fall gebracht. Die verpasst ihr mit dem Ellenbogen einen recht unsanften Seitenhieb, so engagiert bahnt sie sich ihren Weg.

Doch die ihr völlig unbekannte Person nimmt keinerlei Notiz von ihr, sondern prescht zielsicher in forschem Schritt an Frau Steiner vorbei in Hoffmanns Büro.

‚Entschuldigen hätte sie sich wenigstens können!', denkt Kristina, geht dann aber weiter in Richtung Aufzug. Sie staunt nicht schlecht: Wo sonst Firmengründer in Öl an den Wänden hängen, sieht man hier Gustibären und andere „Gusti-Persönlichkeiten" hinter Plexiglas von den Wänden strahlen.

Auf dem Schnellspurt zum Vorstellungsgespräch war ihr die bunte Ahnengalerie süßer und kurioser Verführungshäppchen gar nicht aufgefallen. Dabei stammen die ersten Kreaturen noch aus den Pionierzeiten der Gummibärenproduktion, und sind inzwischen ein echter Hingucker.

‚Sieht nicht der erste kleine Gustibär, der schon 1923 das Licht der Welt erblickte seinem Erfinder, Dr. Gustav Hoffmann, ein wenig ähnlich?'

Kristina amüsiert sich köstlich, während sie an Gusti & Co. vorbeiflaniert.

‚Der alte Gustibär war aber offensichtlich noch etwas

schlanker als sein moderner Zeitgenosse, tappte noch auf allen Vieren durch die Welt.‘

Kristina geht glücklich weiter. Das Vorstellungsgespräch lief wesentlich besser, als sie anfangs befürchtet hatte.

Jetzt hat sie ein gutes Gefühl und strahlt mit dem jüngsten Vertreter seiner Art, dem letzten Gustibär, der am anderen Ende des Gangs hängt, um die Wette: ‚Das wäre ja gelacht, wenn das mit dem Job hier nicht klappen würde!‘

Workshop

- Fach- und Methodenkompetenz, soziale und persönliche Kompetenz prägen das Anforderungsprofil der Assistenz. (S. 204)
- Pünktlichkeit ist die Höflichkeit der Könige und wie man bei Verspätung reagieren sollte. (S. 206)

Die Mitbewerberin

Chantal Helmholtz, Anfang dreißig, genießt währenddessen ihren großen Auftritt. Ihr langes, glattes, weizenblond getöntes Haar reicht bis weit in den Rücken, erinnert an Sonne, Sand und Bikinis.

Sven ist geblendet: Kandidatin „Nummer zwei“ macht eine gute Figur, und das im wahrsten Sinne des Wortes.

Draußen am Himmel ziehen dunkle Wolken auf.

Beide setzen sich.

„Darf ich Ihnen etwas anbieten? Eine Tasse Kaffee vielleicht?“, fragt er fast zu freundlich und streicht sich dabei etwas linkisch mit der Rechten seinen widerspenstigen Haarschopf nach hinten, der ihm immer dann lästig ist, wenn er etwas nervös wird.

Sven ist beeindruckt von der Dame, die ihren schlanken Körper geschmeidig wie eine Schlange auf dem Bewerberstuhl arrangiert und ihn dabei nicht aus den Augen lässt. Er spürt: Diese Frau hat das gewisse Etwas. Er ist gespannt, was diese Frau Helmholtz sonst noch zu bieten hat. Er lässt sich ein auf ihr Spiel. Das Rätsel der Sphinx – er will es lösen!

„Wie ich den Unterlagen entnehme, haben Sie ja bereits einige Erfahrung als Assistentin in einer Werbeagentur gesammelt. Zwei Jahre sind durchaus eine lange Zeit. Erzählen Sie mir doch einfach ein wenig darüber, wie Ihre bisherige Tätigkeit aussah.“

Sie erzählt von ihrer Firma, der Werbeagentur Ulmer, in der sie als Assistentin für den Unit-Leiter „New Economy und Internet“ seit zwei Jahren arbeitet. Zuvor war sie im internationalen Anzeigen-Marketing für die Sparte „Wellness & Beauty“ tätig.

‚Aha, sie hat also Anzeigen verkauft‘, denkt Sven.

„Und wieder zuvor war ich Team-Assistentin für die Gruppen, die Eurohair bzw. HAPPY Products betreut haben. Darum hat sich Herr Ulmer, dessen Kreativität ich immer bewundert habe, persönlich gekümmert.“

Und dann erzählt sie von Ulmer und wie schwierig es mit ihm war, weil er gerade in Scheidung lebte und überhaupt wenig in der Firma war, weil er sehr viele Hobbys pflegte, nicht nur Golf. Sie lächelte vielsagend.

Sven nahm das mit zweifelndem Interesse zur Kenntnis.

Ganz wohl war ihm dabei nicht. Doch Chantal Helmholtz kam zum Wesentlichen zurück.

„Meinen Chef in der Unit habe ich bei typischen Routinearbeiten entlastet, so bei der Überwachung und Vereinbarung von Terminen, der Protokollführung und der Reisevorbereitung, aber auch beim Führen der Wiedervorlage, beim Sichten, Sortieren und Weitergeben der Eingangspost.

Ich habe die Besprechungen vor- und nachbereitet, Präsentationsunterlagen mit PowerPoint erstellt. Selbst auf Messen konnte ich teilweise dabei sein. Das hat großen Spaß gemacht."

Sven gefällt es, dass die Helmholtz so viel Professionalität ausstrahlt und auch im Marketing recht gut Bescheid zu wissen scheint.

Nur warum bewirbt sich eine so qualifizierte Frau nach relativ kurzer Zeit – zwei Jahre sind ja nicht lang – bei ihm?

Als ob sie die Frage geahnt hätte, antwortet sie schon:

„Da der Bereich New Economy/Internet aufgrund der Entwicklung aufgegeben wird, bin ich seit kurzem von meiner Tätigkeit bis auf Weiteres freigestellt."

Hoffmann staunt. Die sagt was Sache ist und nimmt kein Blatt vor den Mund. Ihre Selbstsicherheit selbst in der Niederlage – für die sie wohl nichts kann – gefällt ihm. Er vergisst allerdings zu fragen, warum ihr denn, wenn sie schon so gut ist, keine vergleichbare oder noch interessantere Stelle angeboten wurde.

Sein Bild von Chantal Helmholtz ist positiv, sehr positiv sogar. Sie war als Assistentin tätig und sie kennt sich im Marketing aus. Das ist perfekt. Da schlägt sie sogar die Bendix. Ihm wir klar: ‚Die ist es!' Und mit Frau Helmholtz wurde es auch keinen Ärger mit Michelle geben. Die kann auch schon kommenden Montag beginnen.

Sven entscheidet sich. Man spricht noch über das Gehalt und den Einstellungstermin, ist sich einig und verabschiedet sich freundlich. Vereinbart hatten sie gleich den kommenden Montag als ersten Arbeitstag.

Draußen beginnt es heftig zu regnen. Ein Windstoß fährt durch die bunten Firmenwimpel an der Toreinfahrt.

Sven genießt es und ist zufrieden, dass alles so unkompliziert abgelaufen ist. Die restlichen Vorstellungsgespräche wird er absagen. Aber war es richtig, sich so schnell zu entscheiden? Irgendwie hatte er das Gefühl, die Helmholtz hat sich selbst eingestellt. Doch diesen Gedanken verdrängt er schnell. Da passt doch alles. Jetzt nur keinen Zweifel aufkommen lassen.

Er kann zeigen, wie schnell und wie kompetent er eine Stelle besetzen kann. Das wird auf die Steiner und alle anderen Mitarbeiter Eindruck machen.

Workshop

- Oft verlaufen Einstellungsgespräche atypisch. Dies ist dann der Fall, wenn die Persönlichkeit des Bewerbers die Oberhand gewinnt. Keinesfalls sollte jedoch bei der Personalsuche von dem geplanten Verfahren abgewichen werden.
- Entscheidungen sollten grundsätzlich nicht im ersten Gespräch gefällt werden. Meist bringt erst ein zweites Gespräch Klarheit und hilft vermeintliche Fehlentscheidungen zu vermeiden.

Der Einstieg

Am Montagmorgen, gegen 10.00 Uhr erwartet ihn schon seine neue Assistentin, als Hoffmann verspätet von seinem Termin beim Rechtsanwalt zurückkommt. Er will sie herzlich begrüßen und sich auch gleich entschuldigen, dass er nicht eher da sein konnte.

Da überfällt ihn Chantal Helmholtz schon erregt mit der Nachricht: „Herr Hoffmann, Sie sollen sich unbedingt mit Herrn Knopf von der Firma Papptex in Verbindung setzen, und Frau Sommer, ihre Vertragshändlerin in Linz hat zwischenzeitlich schon drei Mal angerufen wegen der geplanten Lieferungen nächste Woche."

„Danke, das mit Linz geht schon in Ordnung und Herr Knopf, der kann ruhig noch ein Weilchen warten. Falls er noch mal anrufen sollte, dann sagen Sie ihm, ich sei in einer wichtigen Besprechung und dass er morgen noch mal anrufen könne. Ich kann mir schon denken, was der wieder will."

Sie bleibt etwas ratlos zurück: Weder die Sache mit Herrn Knopf, noch die mit Frau Sommer kann sie sachlich und gedanklich wirklich einordnen.

‚Aber Herr Hoffmann wird schon Bescheid wissen', versichert sie sich.

„Ich sollte Sie gleich einmal den Mitarbeitern vorstellen. Lassen Sie mich nur schnell noch die Post durchsehen, ich bin dann gleich ganz für sie da." Entsetzlich wie er das g-a-n-z betont. Das klingt ja nach Telefonansage.

„Das ist alles schon passiert, Herr Hoffmann. Ich habe die meisten Kollegen schon kennen gelernt." Sie unterdrückt ihren

Ärger. So hat sie sich den ersten Arbeitstag nun wirklich nicht vorgestellt.

Sven verschwindet in seinem Büro. ‚Das geht ja gut los!‘ Zur Helmholtz sagt er noch, bevor er die Tür hinter sich schließt: „Der Termin beim Anwalt musste sein.“

Doch dann liest er nicht etwa die Tagespost. Irgendwie sind die Schriftstücke anders geordnet. Nach welchem Schema kann er auf Anhieb nicht erkennen. Ihn interessiert zunächst nur das Marketing-Konzept, das ihm Albiniani hingelegt hat.

‚Aha, der hat es sicher persönlich vorbeigebracht. Der alte Frauenheld wollte sich sicher nur „die Neue“ ansehen. Typisch Albiniani.’

Sven steckt sich einen Zigarillo an. ‚Verflixt, ich hätte wirklich zur Begrüßung da sein sollen. Das gehört sich einfach.‘ Dann blättert er die außen grüne, innen schweinchen-rosa Postmappe durch und durchforstet die Schriftstücke.

„Das können die doch mit uns nicht machen!“, dringt es nach kurzer Zeit aus Svens Büro. Die Tür springt auf als wäre sie gesprengt worden. Sven steht mit gerötetem Kopf im Türrahmen, bemüht sich um einen halbwegs gemäßigten Ton. Das misslingt. Seine Stimme ist belegt. Seine Sätze kommen im Stakkato.

„Frau Helmholtz, ich brauche Sie.“

‚Das geht ja schnell. Erst kümmert er sich gar nicht um mich, dann soll sich plötzlich alles überschlagen. Na ja, das kann ja heiter werden.’ Die Helmholtz trägt’s mit Fassung.

Lieber hätte sie sich noch ein wenig mit Albiniani unterhalten, der schon wieder bei ihr vorbeischaut.

Sven meint noch schnell, er würde Frau Knoll vom Empfang bitten, ihr bei Gelegenheit die Firma zu zeigen. Dann geht's ans Eingemachte.

„Der Bauausschuss hat uns nun doch kein grünes Licht für den Antrag zum Ausbau der Produktionshallen gegeben. Jetzt haben sich die Erbsenzähler wieder durchgesetzt. Das hat sich bis zu denen noch nicht rumgesprochen, dass Kanzler Schröder wirtschaftsfördernd denkt. Die Sozis in den Kommunen wollen immer noch den Unternehmern das Wasser abgraben und wundern sich dann, wenn es immer weniger Arbeitsplätze gibt."

Sven kommt langsam in Fahrt. „Solange mein Vater noch im Stadtrat war, ging das alles viel leichter, jedenfalls hörte ich zu Hause nie von Problemen bei Bauvorhaben, im Gegenteil, das lief wie geschmiert. Apropos geschmiert, sicher hat Vater da auch ein wenig nachgeholfen. Seine Assistentin hört ihm verwundert zu: „Doch ich kenne die Bau-Heinis ja noch nicht einmal. Man sieht wieder, dass die Praxis ganz weit von der Theorie entfernt ist. Frau Helmholtz, wir müssen einen Kurs in Bestechung machen oder... – Nein, jetzt schreiben wir erst einmal einen Brief."

Sven diktiert erstaunlich sachlich. Er fragt an, ob es nicht möglich ist, in einem persönlichen Gespräch mit dem Bürgermeister und dem Bauausschuss die Situation zu klären. Er kann kaum so schnell diktieren, wie es die Helmholtz schon im PC hat.

‚Toll, wie das flutscht', denkt Sven und vom Gang aus ruft er zurück: „Bitte, Frau Helmholtz, unterschreiben Sie das doch für mich im Auftrag und versprechen Sie mir, dass es heute noch an die Gemeinde rausgeht."

Fehlstart

Die Kopie des Briefes an den Bürgermeister liest er am nächsten Tag. ‚Das hat sie ganz ordentlich gemacht. Kein Fehler. Gut so.‘ Sven ist zufrieden mit seiner neuen Assistentin.

Am besten gefällt ihm aber, dass sie sich der Post annimmt. Schnell hat sie herausgefunden, was ihm wichtig ist. Alles, was mit dem Vertrieb und den Finanzen zusammenhängt. Die Routinesachen für die Buchhaltung, den Einkauf und die Werbung legt sie dagegen in der Postmappe ganz weit nach hinten.

Und Briefe, die besonders dringlich sind, versieht sie sogar mit einem Ausrufezeichen. Das erleichtert Sven die Arbeit.

Doch Chantal Helmholtz wäre nicht Chantal Helmholtz, wenn sie nicht noch einen Schritt weiter ginge. Sie versetzt sich nicht nur gern in die Lage des Chefs, sie nimmt – wenn es irgendwie geht – auch gern seine Stelle ein. Nichts lieber als das.

Das war schon in der Agentur so. Dort gab es diesbezüglich immer wieder Ärger, weil ihr damaliger Chef zum Beispiel nicht wollte, dass sie, ohne ihn zu fragen, Arbeitsabläufe veränderte.

Doch Hoffmann ist hier sicher anders. Er zeigt ja schon durch sein Verhalten, dass er sie gern machen lässt.

Also geht sie schon am zweiten Tag zu Frau Knoll am Empfang.

„Bei Ihnen kommen ja alle Telefonate an, soweit nicht direkt durchgewählt wird. Wenn jemand den Chef sprechen will, fragen Sie ihn doch bitte stets in welcher Angelegenheit. Wenn es eine bestimmte Abteilung betrifft, dann verbinden Sie ihn bitte gleich mit dem jeweiligen Ansprechpartner.“

‚Hoppla‘, denkt Frau Knoll, ‚die nimmt sich ja was raus.‘

Doch das ist noch nicht alles. Flott geht es so weiter. „Das mit der Post, Frau Knoll, sollten wir auch ändern. Ich möchte als Assistentin von Herrn Hoffmann nur die Post haben, die ihn betrifft. Kurzum: Die Post kommt künftig zuerst zu Ihnen und ich kriege nur die Dinge für den Chef. Also keinen Schriftverkehr mit Abteilungen, keine Rechnungen, keine Lieferscheine und so weiter. Nur Schreiben an ihn persönlich und die Sachen von der Bank, das was die Finanzen betrifft und das von Anwälten und Behörden. Wir sollten das morgen früh einmal gemeinsam machen."

Das Auftreten von Frau Helmholtz ist so eindeutig, so bestimmend, dass Frau Knoll gar nicht zu widersprechen wagt, auch wenn sie im Augenblick nicht weiß, wie sie das mit ihrer übrigen Arbeit auf die Reihe bringen soll.

Chantal hatte sich schon am ersten Tag über den unsortierten Poststapel geärgert, den sie auf ihrem Schreibtisch vorfand. Woher sollte sie denn wissen, wer wo in welcher Abteilung sitzt und dort mit Post bedient werden soll? Das karge Telefonverzeichnis war nicht so informativ, als dass sie danach hätte arbeiten können.

Resolut und großzügig hatte sie daher die Post gestern zunächst persönlich weitgehend nach ihren Vorstellungen verteilt. Das war auch gar nicht schlecht, denn so kam sie in der Firma etwas herum und lernte einige Leute kennen. Zum Beispiel Herrn Petersen von der Forschungs- und Entwicklungsabteilung, Herrn Mangold, den Finanzchef und den Vertriebsleiter Herrn Hollerbach. Die wunderten sich, dass sie die Post persönlich bekamen. Zu Zeiten von Frau Steiner war das nicht üblich. Da wurde die Post erst kurz vor Mittag von einem Auszubildenden gebracht, nachdem sie der Chef vorher durchgesehen hatte. Wenn er beschäftigt war, dauerte es länger, wenn er auf

Reisen war, blieb die Post oft liegen.

Aha, neue Zeiten brechen an. Jetzt wird alles direkter, schneller und sogar persönlicher. Und mit der attraktiven Frau Helmholtz ein kleines Schwätzchen am Morgen, ist auch nicht zu verachten. Da dachten alle drei Herren unabhängig voneinander ähnlich. Doch etwas ungewöhnlich, etwas übertrieben kam ihnen die Helmholtz schon vor. Vorsicht.

Chantal Helmholtz ahnte, was in den Herren vorging und schob ganz schnell den Riegel vor: „Morgen bekommen Sie Ihre Post gleich direkt von Frau Knoll!"

Sie spürte die Enttäuschung der Herren und gleichzeitig die Ausstrahlung, die von ihr ausging. Solche Augenblicke genießt sie, braucht sie. Das ändert nichts an der Tatsache, dass es ihre Eitelkeit verbietet, die Post selbst zu verteilen. Dazu ist ihre Zeit viel zu kostbar. Womit sie zweifellos Recht hat.

Kaum ist die Helmholtz verschwunden, überlegt Frau Knoll mit Frau Schmude, ihrer Kollegin, ob das denn alles seine Richtigkeit habe und auch Sinn mache.

„Der Chef wird das schon wissen", meint die Schmude, womit das Problem zunächst aus der Welt ist.

Auch Frau Knoll lässt es auf sich beruhen. „Ja klar, ich kann mir nicht vorstellen, dass die das macht, ohne ihn zu fragen. Das wäre ja Harakiri."

Aber beide sind nicht mehr gut auf die Helmholtz zu sprechen: „So eine arrogante Ziege!" und „Die glaubt wohl, alles besser zu wissen!"

Schnell bekommt sie diesen Stempel aufgedrückt. Irgendwie hat sie keine glückliche Hand, mit den Leuten bei Gusti umzugehen, die Abteilungsleiter mal ausgenommen.

Sie weiß nicht, woran es liegt. Sie spürt zwar eine gewisse

Ablehnung, kann sie sich aber nicht erklären.

Auf Fabio Albiniani trifft dies jedenfalls so gar nicht zu. Auch wenn er nur kurz bei ihr vorbeischaut oder sie irgendwo in der Firma trifft, er findet immer eine nette Bemerkung für sie.

Sie haben sich auch schon über „sein" Marketing unterhalten. „Ich glaube schon, dass ich mit dem jungen Hoffmann besser kann als mit dem alten. Wir müssen weg von diesem altbackenen Stil. Der Alte hat mich immer abgeblockt. Der Junge hört mir dafür noch gar nicht so recht zu", ließ Fabio durchblicken.

Dafür hörte Chantal sehr genau hin. Schon nach wenigen Tagen wusste sie, was sich Fabio alles ausgedacht hatte. Er will die Wellness-Schiene fahren und gesunde Gustis verkaufen. Auch ihr gefällt die Idee.

Dieser Fabio ist überhaupt ein pfiffiger Kopf. Es reizt sie mehr und mehr, mit ihm zusammen zu sein.

Doch zunächst muss sie ihren Arbeitsplatz organisieren. Das ist Routine für sie: Als erstes richtet sie sich eine Arbeitsgutmappe ein, um für ausreichend Ordnung beim täglichen Schriftwechsel zu sorgen. Und da sie weiß, dass auch Hoffmann noch keine führt, bekommt der auch gleich eine mit den Rubriken „Eingangspost", „Wiedervorl. heute", „Selbst erled.", „Diktat", „Telefonate", „zu bespr. mit Helmholtz", „zu bespr. mit..." und „allg. Infos" angelegt.

Sie ist ganz in ihrem Element, findet großen Gefallen daran, bei Gusti frischen Wind reinzubringen.

Dann widmet sie sich der Chefpost, die heute von Frau Knoll schon etwas früher eintrifft. Das ist ihr Steckenpferd. Damit wird sie Herrn Hoffmann überraschen. Wichtiges markiert sie ihm erneut in den Briefen gleich bei der Durchsicht, und notiert sich selbst wichtige Termine und Bemerkungen.

Um Zeit zu sparen, fügt sie vorhandene Vorgänge gleich den eingegangen Schreiben bei und sortiert natürlich die eingehende Post erst einmal gründlich aus.

Außerdem hatte sie sich in ihrer vorigen Stelle angewöhnt, die Postmappe immer gleich mit ihrem Chef durchzusprechen, um ihre Vorgänge zur weiteren Bearbeitung wieder mitzunehmen. So waren sie ein eingespieltes Team.

Klar, Hoffmann und sie müssten das erst noch werden. Aber den würde sie schon organisieren. Ist ja schließlich ihr Job. Als erstes schafft sie daher gleich noch eine Postmappe an, ein Requisit, das für sie unerlässlich ist. Und mit der würde sie ihn dann morgen überraschen: dann ließe sich die Post nach Dringlichkeit und Sachbezogenheit ordnen. Das Chaos von gestern und das, was sie auch heute Morgen wieder am Sichten ist, sollte keineswegs beibehalten werden, da würde sie nicht mitspielen. Niemals.

Doch da taucht Fabio auf und lenkt ihren ungebremsten Tatendrang wieder in etwas andere Gleise:

„Hallo, Frau Helmholtz, wie geht es Ihnen? Wie ich sehe, haben Sie sich schon richtig eingelebt."

Chantal freut sich über den unerwarteten Besuch. Heute ist nicht viel los. Kaum Telefonate, die Post ist erledigt, und Hoffmann ist auch nicht da.

Ihr fallen seine großen braunen Augen auf, die sie so freundlich, so beruhigend und doch so aufregend anstrahlen. Ein wenig hat sie das Gefühl, dass es seine Art ist, Frauen so anzusehen. Doch was soll's. Es tut einfach gut, geschätzt zu werden, die eigene Attraktivität spüren zu können.

„Wie geht's der Vorzimmerdame?" Er mag sich mit der Bezeichnung ‚Assistentin' nicht anfreunden. Eine Sekretärin ist eine richtige Frau. Und er liebt richtige Frauen. Assistentinnen sind ihm fast schon ein wenig zu emanzipiert. Darüber hatten sie beim letzten Mal etwas geflachst.

Heute hat er sich etwas mehr vorgenommen.

'Mal sehen, ob es klappt.' Fabio zweifelt nicht im Entferntesten daran.

„Was ist dir lieber, ein Gustibär oder ein richtiger Bär?" Chantal schaut ihn fragend an. 'Was soll das denn?', denkt sie und sagt:

„Hoppla, lieber Herr Albiniani, wir sind doch nicht per Du, so schnell geht das nicht. Außerdem, was soll denn diese Frage?"

„Das könnte eine Überschrift in einer Werbeanzeige sein, wir sind hier doch alle kleine Gustibärchen, oder? Sie und ich. Du und ich."

Doch Chantal bleibt hart. Darauf fällt sie nicht rein. Das ist ihr dann doch ein wenig zu plump.

Wenn da nicht dieser freundliche, helle Blick wäre. Fabio ist von einer Liebenswürdigkeit, die sie so noch nicht erlebt hat. Wie kann man da widerstehen? Jedenfalls will sie nicht schwach werden. Jetzt noch nicht. Und im Büro schon gar nicht.

Fabio ist aber noch längst nicht am Ende mit seiner Charmeoffensive. Er spürt, dass er durchaus Chancen hat.

„Ich überlege mir gerade eine neue Werbekampagne. Vielleicht unter der Überschrift: 'Ich lass mich gern vernaschen!' Stellen Sie sich vor, ein Gustibärchen schaut aus der Anzeige, so wie ich jetzt schaue, lieb, strahlend, liebeshungrig. Da möchte man doch gern zubeißen."

Chantal spürt, was hinter dieser vermeintlichen Werbekampagne steht. Ein wenig ärgert sie die unverfrorene Vordergründigkeit von Signor Fabio.

'Der bildet sich ja nun wirklich verdammt viel ein, dieser Fabio.' Aha, jetzt ist sie selbst schon bei seinem Vornamen.

Er hat eine Ausstrahlung, gegen die sie anscheinend nicht gewappnet ist.

Er gibt sich nicht geschlagen. Je mehr er ihre Zurückhaltung spürt, desto pfiffiger werden seine Ideen.

„Stellen Sie sich vor, ein Gustibärchen kommt aus der Anzeige herausspaziert und küsst sie. Würden Sie da nicht zubeißen?"

„Lieber Fabio, ich glaube es reicht jetzt."

„Liebe Frau Chantal Helmholtz, das könnte die neue Head der nächsten Gusti-Kampagne sein."

Wie er die Kurve kratzt, ist schon faszinierend. Ein Profi. Sie spürt ein leichtes, nein ein verflixt starkes Prickeln irgendwo in ihrem Körper.

Und als er sich dann auf ihren Schreibtisch setzt und wie zufällig, scheinbar gedankenverloren über ihren Arm streicht, weiß sie, dass er sie jetzt in die Arme nehmen könnte und sie könnte nichts dagegen tun.

Doch dann klingelt das Telefon. Sie hebt ab, ohne ihren Blick von Fabio abzuwenden.

Sie hört die Stimme in der Leitung: „Das Gespräch mit dem Bürgermeister wegen des Bauvorhabens kann morgen früh stattfinden. Würden Sie das bitte Herrn Hoffmann ausrichten, um 9.00 Uhr beim Bürgermeister im Rathaus."

Workshop

- Was tun, wenn Kollegen oder der Chef das Du anbieten? (S. 207, 208)
- Bei der Einführung neuer Mitarbeiter können viele Fehler passieren. Wie man sie vermeiden kann. (S. 209)

Aus, vorbei

Kristina Bendix geht schon seit einigen Tagen erwartungsvoll zum Briefkasten. Heute endlich der Brief von Gusti, sie reißt ihn auf und ist maßlos enttäuscht:

„Sehr geehrte Frau Bendix,

vielen Dank für das entgegengebrachte Interesse an unserem Unternehmen. Wir haben uns jedoch für eine andere Bewerberin entschieden, die bereits über einschlägige und mehrjährige Erfahrung verfügt. Für Ihre weitere Stellensuche wünschen wir Ihnen alles Gute und viel Erfolg.

Ihre Bewerbungsunterlagen senden wir Ihnen anbei zurück.

Mit freundlichen Grüßen
i. A. Chantal Helmholtz
Assistentin"

Aus dem Job bei Gusti ist nun doch nichts geworden.

„Ich will kein Gustibärchen mehr sehen!" Sie feuert die angerissene Tüte, die sie wie einen Talisman gehütet hatte, in den Papierkorb. „Kein einziges Gustibärchen werde ich mehr essen. Die können mir alle gestohlen bleiben, mitsamt ihrem freundlichen Chef!"

Sie ist maßlos enttäuscht. ‚Dabei war er sehr nett und er vermittelte mir den Eindruck, dass er mich schätzt. Der hat noch so viel vor. Ich hätte mir so gut vorstellen können, mich in die Gusti-Welt einzudenken. Das Gespräch mit Herrn Hoffmann verlief doch so positiv. Ich liebe die Gustis doch. – Nein, das war mal. – Ich hasse die Gustis. – Nein, ich liebe die Gustis.'

Was war nur mit ihr los? Sie hätte losheulen können. Es war

ein Fehler gewesen, alles auf eine Karte zu setzen. Das macht man einfach nicht. Heike hat es ihr ja ein paar Mal gesagt.

Ach ja Heike, sollte die schon wieder Recht haben?'

Warum sie – wie in Trance – die Gusti-Tüte doch wieder aus dem Papierkorb holt, weiß sie nicht.

‚Wer ist eigentlich diese Helmholtz, die den Brief unterschrieben hat? Hieß nicht die Sekretärin von Herrn Hoffmann anders? Stehner oder Steiner oder so ähnlich. Jedenfalls nicht Helmholtz. Vielleicht war es diese unfreundliche und überattraktive Frau, die an ihr vorbei zu Hoffmann gespurtet ist? Klar! Die muss es gewesen sein. Aber mit der wird er keine große Freude haben, da bin ich mir sicher. Das kann nicht gut gehen!'

Jetzt fischt sie sich doch noch einen Gustibär aus der Tüte. Der schmeckt zwar nicht mehr ganz so gut wie an dem Samstagmorgen, an dem sie die Anzeige gelesen hatte, aber immerhin.

Damals hatte sie das Gefühl, das mit der Stelle klappt in jedem Fall. Und heute ist sie – gegen alle Logik – immer noch davon überzeugt.

Mehr noch, sie weiß, dass wenn man etwas will, so richtig mit Haut und Haaren, dann kriegt man es auch.

Afterwork-Party

Im Havanna Club herrscht an diesem Abend tolle Stimmung. Afterwork-Partys zu südamerikanischen Klängen sind in München der Renner, vor allem wenn das Wetter mies ist und die Biergärten unter Wasser stehen. Die Musik ist wild und umwerfend, die Margaritas sind es auch. Fabio und Chantal tanzen was das Zeug hält.

Selbst wenn sie den Salsa, Tango oder Samba beherrschten, sie hätten keine Chance auf engem Raum perfekt zu tanzen. Aber das war auch nicht nötig.

Perfekt war, wie sie ihre Körper in Schwingung brachten, wie sie in der Musik aufgingen, wie sie sich im Gleichklang mit den Rhythmen durch den Raum bewegten und die Melodien ihren Körper durcheinander wirbelten.

Doch je später die Stunde, desto länger die Pausen an der dicht umlagerten Bar. Die erste Gelegenheit nutzt Fabio, um an das vormittagliche Gespräch von neulich wieder anzuknüpfen.

„Wenn ich dein Gustibärchen wäre, würdest du mich küssen?“ Und Chantal – erhitzt und in fröhlicher Stimmung – hat nichts dagegen. Sie nimmt ihn an der Hand, windet sich durch die tanzende Menge und küsst ihn in der Mitte der Tanzfläche, hemmungslos, heiß, wild, zärtlich und unendlich lang.

Dann sagt sie: „Du Gustibärchen, du“, mit einem Timbre in ihrer Stimme, das die Verheißungen der kommenden Nacht vorwegnimmt.

Fabio ist nicht mehr zu bremsen. Der Alkohol beflügelt ihn in jeder Hinsicht. Doch vom Thema Gustibärchen kommt er nicht los.

Er erzählt zuerst etwas flüchtig, dann immer detaillierter, was er sich für seine Gustibärchen ausgedacht hat.

Obwohl sich Chantal eigentlich nur vergnügen wollte, macht es ihr mehr und mehr Spaß, Fabio zuzuhören, wie er ideenreich und kreativ neue Gusti-Welten entstehen lässt. Was sie hier erfährt, ist mehr als ein Betriebsgeheimnis. Und die Nacht ist ja noch lang.

Der spontane Treff im Havanna Club ist jedenfalls genial. Eine gelungene Abwechslung. Nein, mehr noch: ein Ort der guten Ideen. Auch Fabio träumt von einer langen Nacht.

Die beiden bemerken nicht, wie der Gast hinter Fabio beim Namen Gusti seine Ohren spitzt und sich noch ein wenig weiter herüberbeugt. Er wirkt unauffällig, beinahe zurückhaltend. Aber das täuscht, glaubt man dem Drink, den er sich bestellt hat.

Fabio plaudert munter weiter, leert mit einem kräftigen Schluck seine Margarita. Er erklärt, wie die Gustibärchen als Wellnessprodukt verkauft werden sollen. Er habe da schon ein neues Zielgruppen-Konzept im Kopf, auch das Marketing würde sich gewaltig ändern.

Während Fabio sich umdreht, um noch mal zwei Margaritas zu bestellen, entdeckt er Arndt, Arndt Becker, seinen ehemaligen Studienfreund, inzwischen Juniorchef in der Dropo AG, dem härtesten Wettbewerber von Gusti. Wie Fabio ist auch er ein findiger Typ, der das Eisen schmiedet, so lange es heiß ist. Nur verfolgt der blonde Arndt seine Ziele ein wenig zielstrebiger und verbissener. Arndt gibt sich überrascht:

„Hi, alter Junge, sieht man dich auch mal wieder."

„He, schön dich zu sehen, Arndt."

Fabio ist etwas argwöhnisch. ‚Ob Arndt unser Gespräch mitbekommen hat? Allerdings ist es laut hier, sehr laut.'

Fabio verwirft den Gedanken wieder.

„Darf ich euch vorstellen? Das ist Chantal, Chantal Helmholtz, Hoffmanns neue Assistentin."

Arndt ist von Chantal angetan. Sie ist ihm schon beim Betreten des Lokals aufgefallen. Intuitiv hatte er sich in ihre Richtung bewegt. Fabio dagegen saß mit dem Rücken zum Eingang, sodass er ihn erst sehr spät entdeckt hatte.

Hat Arndt etwas von dem Gespräch der beiden verstanden? Jedenfalls war sein Interesse an der Frau, die in einer wunderbaren Art und Weise ihre blonden Haare immer mal wieder durch ein apartes, wildes Kopfschütteln nach hinten warf, offenbar sehr groß.

Arndt zögert nicht lange, flirtet mit Chantal, die sich gleichsam für ihn zu interessieren scheint. Seit sie weiß, wer er ist, weicht sie kaum noch von seiner Seite.

Und siehe da: Auch Arndt fängt Feuer und wiegt sich zu immer schnelleren Sambarhythmen mit Chantal auf der Tanzfläche. ‚Was dieser junge Hoffmann für eine reizende Assistentin hat. Hätte ich ihm gar nicht zugetraut.'

Fabio beobachtet die Szene. Die Sache gefällt ihm gar nicht. Schließlich war er doch mit Chantal hierher gekommen, hatte ihm seine Partnerin vorgestellt, und jetzt das. Nur gut, dass er nicht mitbekommt, wie Arndt Chantal seine Visitenkarte zusteckt.

Nichtsdestotrotz verlief der Abend für Fabio nach Plan. Er wird noch oft an diese wilde Nacht zurückdenken.

Schneller Abschied

Am nächsten Tag kommt Chantal nicht sehr ausgeschlafen ins Büro. Sie sitzt aber schon an ihrem Schreibtisch, als Herr Hoffmann in bester Laune eintrifft und sie bittet, ihm die Post gleich herein zu geben.

Er wundert sich zunächst zwar, warum es heute so wenig Post ist, aber solche Tage gibt es. Dann, ziemlich weit oben, ein

Brief der Gemeindeverwaltung. Schon beim Aufreißen hat er ein ungutes Gefühl.

‚Die werden mich doch hoffentlich zum Gespräch einladen und nicht absagen, was ich ihnen durchaus zutraue.' Das war so seine Art, sich vorab das Schlimmstmögliche vorzustellen, um nicht aus allen Wolken zu fallen oder dann vom Positiven überrascht zu werden. Das hatte er in dieser Weise auch schon bei seinen Schulnoten so praktiziert und später bei den Prüfungsergebnissen an der Uni.

Doch was er dann liest, damit hätte er nie gerechnet.

„Sehr geehrter Herr Hoffmann,

wir bedauern es sehr, dass Sie zu dem von uns anberaumten Termin für eine Behandlung Ihres Bauantrags mit dem Bürgermeister nicht erschienen sind. Damit halten wir den Ablehnungsbescheid aufrecht.

Mit freundlichen Grüßen etc."

„Frau Helmholtz! Wissen Sie etwas von einer Einladung zu einem Gespräch?"

Der Helmholtz, deren Kopf von den vielen Margaritas am Abend zuvor noch etwas dumpf ist, fällt ein, dass sie in der Tat vergessen hat, Hoffmann über den Termin zu informieren.

‚Das ist die Strafe, dass ich mich um Fabio statt um das Geschäft gekümmert habe.'

Zu Hoffmann sagt sie: „Von einem Anruf der Gemeinde weiß ich nichts."

„Wieso Anruf? Ich denke, die laden schriftlich ein? Könnten Sie mir die Einladung heraussuchen?"

Chantal hat sich in eine Situation hineinmanövriert, aus der sie so schnell keinen Ausweg findet. Sie könnte jetzt weiter behaupten, nichts zu wissen. Aber wenn sie bereits jetzt ins Straucheln gerät, dann lieber gleich heraus mit der Wahrheit.

„Doch, ich hatte vergessen, Sie über den Anruf vorgestern zu informieren. Tut mir leid."

Hoffmann ist sauer und lässt sich das deutlich anmerken.

Während er noch darüber nachdenkt, wie er den Bürgermeister trotz allem zu einem Ersatztermin überreden kann, ruft ihn Hollerbach an, um zu fragen, ob er informiert sei, dass Saldi die Werbekostenzuschüsse neu festlegen will. Hollerbach, der weiß, dass der Großkunde Saldi vom Chef betreut wird, ist erstaunt, als Hoffmann zugeben muss, davon nicht die geringste Ahnung zu haben.

„Sie wissen doch, dass die Helmholtz uns jetzt die Vertriebspost von Frau Knoll direkt zustellen lässt. Ich habe mich schon gewundert, warum sie die Vertriebspost jetzt nicht mehr sehen wollen. Aber Frau Helmholtz hat das ja wohl so mit Ihnen abgesprochen."

Sven ist perplex. So was darf nicht passieren. Er möchte rausstürmen, die Helmholtz zur Rede stellen. Zwei so gravierende Fehler in der kurzen Zeit, das ist ihm zu viel, das erschüttert das Vertrauen gewaltig.

Doch dann überlegt er kurz. Ihm ist aufgefallen, dass seine neue Assistentin mit ihm nicht allzu viel bespricht. Vielleicht ist er ja selbst daran schuld? Wann geht er denn auf sie zu und sucht das Gespräch? Verdammt noch mal. Und jetzt dieser Salat!

Er wird sie zur Rede stellen. Sven öffnet die Tür zum Vorzimmer. Doch weit und breit keine Frau Helmholtz. Ihr Schreibtisch ist leer.

Zurück in seinem Büro überlegt er, inwieweit eine Assistentin, mit der die Kommunikation nicht klappt und der das Gespür abgeht, welche Kompetenzen sie sich nehmen darf, für ihn überhaupt tragbar ist. Aber die Zweifel, dass auch er ein Quäntchen Schuld trägt, halten ihn zunächst zurück.

Er geht durch den Betrieb und versucht darüber weiter nachzudenken. Mit Herrn Mangold bespricht er noch im Vorbeigehen die Finanzsituation und hält sich danach ein wenig in der Kantine auf. Gedankenverloren liest er den Speiseplan zum dritten Mal. Sauerbraten mit Knödel und Rotkraut oder Pilzragout mit Semmelknödel.

Um diese Zeit hat er noch keinen Appetit. Er hört ein leises Geräusch, achtet aber nicht weiter drauf.

Ihm fällt ein, dass er Mangold vor einigen Tagen den Auftrag erteilt hat, die Kantine auf ihre Wirtschaftlichkeit hin zu überprüfen.

Dann wird aus dem zischenden Geräusch ein leichtes Lachen und – ja, doch – so etwas wie ein lustvolles Stöhnen.

Svens Blick gleitet die Tisch- und Stuhlreihen entlang. Ganz hinten entdeckt er ein Paar, eng umschlungen. Im Halbdunkel des Raums kann er nicht erkennen, wer es ist, der hier um diese Zeit leere Kantine für ein Stelldichein nutzt.

Er hat ein wenig Hemmungen, einfach durch den Raum zu gehen und die beiden anzusprechen. Warum eigentlich? Aber neugierig ist er schon, wer um diese Zeit seine Liebe in der Kantine auslebt.

Langsam und ganz leise nähert er sich dem Pärchen. Vor lauter Nervosität stößt er an einen der Stühle, bleibt stehen. Von hier aus sieht er genug.

Der junge Mann beugt sich über eine junge Dame, die sich weit nach hinten lehnt. Eine Momentaufnahme wie aus einem spanischen Tanzwettbewerb.

Schneller Abschied

Die Hand des Liebhabers, die gerade noch unter ihrem Rock war, streicht nun durch ihr langes blondes Haar... das ist die Helmholtz, ja, jetzt kann er sie erkennen. Sie ist doch wirklich erst sehr kurz hier bei uns. Und er? Wer verführt hier seine Assistentin? Er muss es wissen, geht noch weiter und stößt prompt an einen der Tische. Anscheinend sind die beiden so beschäftigt, dass sie ihn nicht wahrnehmen.

Sven erkennt Fabio Albiniani. Das hätte ich mir denken können. Fabio Albiniani, einer der Besten bei Gusti, einer mit dem ich rechne, auf den ich zähle. Seine Kreativität, seine Ideen, ich kann darauf nicht verzichten. Aber das geht zu weit. Er kämpft mit sich. Er weiß, von einem muss er sich trennen. Da ist die Entscheidung dann doch sehr schnell klar und eindeutig. Chantal Helmholtz wird die Firma verlassen. Gründe dafür gibt's inzwischen genug.

‚Wer mich nicht über einen wichtigen Termin informiert, wer ohne mein Wissen Geschäftsprozesse verändert und dann noch am helllichten Morgen Sex am Arbeitsplatz praktiziert – und das in meiner unmittelbaren Nähe und als meine Assistentin' – Sven hat sich gegen Chantal entschieden.

Beim Abschiedsgespräch am nächsten Tag, das nicht länger als zwei Minuten dauert, gibt sich seine Assistentin selbsbewusst:

„Sie sehen alles ein wenig eng. Nur deshalb kann ich Ihre Entscheidung verstehen. Aber Sie werden noch von mir hören. Und Sie werden es noch bereuen. Gusti wird bald ins Schlingern kommen."

Workshop

- Sex im Büro ist in der reichhaltigen Sekretärinnen- und Managementliteratur meist ausgeklammert, es ist ein Tabu-Thema.
- Sex im Büro kommt in vielen Ausprägungen und in großer Häufigkeit vor, nicht nur zwischen Vorgesetzten und Untergebenen.
- Sex hat positive und negative Auswirkungen auf Arbeitsergebnisse.

Schneller Abschied

B Krisenmanagement

„Krise ist ein produktiver Zustand. Man muss ihr nur den Beigeschmack der Katastrophe nehmen."

Max Frisch

Auf ein Neues

Sven sitzt ziemlich genervt in seinem Büro. Eigentlich sollten es nicht die personellen Probleme sein, mit denen er sich beschäftigt. Mit Albiniani, Hollerbach, Mangold, Maier und Petersen will er Gusti nach vorne bringen. Dropo, der Wettbewerber, der ständig seine Existenz bedroht, sollte in die Schranken gewiesen, ja sogar überholt werden.

Und jetzt muss ausgerechnet seine Assistentin ein Verhältnis mit einer seiner besten Führungskräfte haben. Unglaublich!

Vielleicht hätte er doch um die Steiner kämpfen sollen. Warum hat er diese erfahrene Frau so einfach gehen lassen? Er geht in das verwaiste Vorzimmer. Sein Blick schweift über die Regale. Irgendwo muss doch der Ordner sein, in dem die Bewerbungskorrespondenz abgelegt ist. Leider wird er so schnell nicht fündig.

Er unterbricht, weil er ständig Anrufe entgegennehmen muss.

Erst beim dritten Anlauf klappt es. Die Helmholtz hat das alles ganz ordentlich gemacht. Sie hat die Bewerbungsmappen zurückgeschickt, die Anschreiben der Bewerberinnen in einem Ordner abgelegt. Alphabetisch.

‚B, Benda, Bendrich oder so ähnlich hieß doch meine eigentliche Favoritin. Ja, Bendix. Da ist sie. Wenn Michelle nicht so insistiert hätte, dann hätte ich dieses Problem jetzt nicht.'

Sven überlegt, ob er die Bendix nicht einfach anrufen soll. Lieber keine Schnellschüsse. Morgen wird er ihr einen Brief schreiben und sie zu einem zweiten Gespräch einladen.

Bei dieser Gelegenheit entdeckt er einen Ordner „Der Assistenz-Manager". Er nimmt ihn heraus und ist erstaunt, dass hier eine Sammlung von Checklisten enthalten sind, die offenbar von der Helmholtz stammen oder sogar noch von der Steiner? Er blättert ihn kurz durch, stellt ihn dann aber wieder in den Schrank zurück.

Das Telefon klingelt erneut. Hollerbach möchte mit ihm über Bidel reden, einen weiteren Großkunden, mit dem sie gut im Geschäft sind. Doch dafür hat er im Augenblick keinen Nerv. Erst muss er sein Umfeld in Ordnung bringen.

Im Grunde hat er heute zu gar nichts Lust. Er holt sich die Lebensmittel-Zeitung und liest über die veränderten Konsumgewohnheiten im Gesundheitsbereich. Ob die Wachstumsprognosen auf Seite 16 fundiert sind, ob man sich darauf verlassen kann, er ist sich nicht sicher.

Dann schon wieder das Telefon.

„Hier ist Bendix. Ist Herr Hoffmann zu sprechen?"

Er ist irritiert. Bendix, das ist doch seine Bewerberin?

„Hallo Frau Bendix, ich bin selbst am Apparat. Um was geht es denn?"

„Ich wollte mich mal melden. Sie haben mir zwar meine Bewerbung zurückgeschickt, aber ich denke, dass die Stelle doch für mich infrage kommt. Ich bin mir sogar sicher. Sagen Sie, was war denn der Grund, warum ich nicht zum Zug gekommen bin?"

Sven Hoffmann ist wie verwandelt. ‚Ich bin doch ein Glückspilz', denkt er. ‚Besser hätte es gar nicht kommen können.' Er sagt:

„Nein, nein, Frau Bendix. Ich hatte mich im Grunde schon

für Sie entschieden, aber es gab eine Bewerberin, die einfach mehr Marketing-Erfahrung mitbrachte. Das war aber keine Entscheidung gegen Sie. Im Gegenteil, ich hätte Sie sogar sehr gern hier."

Er überlegt, ob er ganz offen sagen soll, dass die Stelle schon wieder frei ist. Das macht zwar keinen so guten Eindruck, aber was soll's.

„Leider gab es Unregelmäßigkeiten mit der Dame, die ich eingestellt habe. Die Stelle ist also wieder frei. Ich wollte Sie ohnehin heute anrufen. Ich kann Ihnen die Stelle anbieten."

Er hört am anderen Ende der Leitung einen Freudenschrei.

„Das ist ja prächtig. Ich komme gern vorbei, wann passt es?" Kristina wollte eigentlich sagen: „Ich komme vorbei, wann immer Sie es wollen." Aber das schluckte sie runter.

Der Termin ist schnell vereinbart. Das Gespräch verläuft problemlos. Die neue Assistentin heißt Kristina Bendix.

Workshop

- Es ist gut, wenn es in einer Firma eine Liste von Interessenten gibt, die entweder aus Bewerbungsverfahren oder aus Blindbewerbungen heraus sich einmal an die Firma gewendet haben.
- Deshalb ist es wichtig, auch mit abgelehnten Bewerbern „freundschaftlich" umzugehen und auf Blindbewerbungen zu antworten.

Turbulenzen, ganz privat

„Was? Die Bendix? Du hast diese Bendix eingestellt? Die Sekretärin eines Großkonzerns? Wo wir uns doch einig waren, dass es die nicht ist. Ich glaub's einfach nicht! Das kann doch nicht wahr sein!“

Wütend wirft Michelle die Serviette auf den Tisch. Svens Freundin ist kaum mehr zu beruhigen.

Eigentlich hatten sich Sven und Michelle ein feines Abendessen bereitet. Er hatte im Keller seines Vaters einen Wein aus Galzignano entdeckt, einen Cabernet Sauvignon aus den Colli Euganei. Heute sollte es etwas Besonderes sein. Mal kein Montepulciano aus den Abruzzen, den man auch beim Italiener um die Ecke bekommt. Michelle liebt Rotwein, so wie Sven.

Auch sie hatte sich etwas Feines ausgedacht. Nicht Pasta mit Sauce, obwohl sie weiß, wie sehr Sven ihre Nudelgerichte schätzt, vor allem Spaghetti alla carbonara und Fettuccine alla romana.

Doch heute gab's Spargel. Nicht den griechischen, sondern den aus der Spargelgegend nördlich von München. Die dicken weißen Stängel hatte sie in kleine Stücke geschnitten und daraus eine Suppe gekocht, und was für eine. Sven war ganz begeistert.

Danach servierte sie kaltes Roastbeef, zuvor mit viel Knoblauch und Petersilie in Alufolie gebacken, dann aufgeschnitten und mit Orangenscheiben und -schalen verziert. Sven war hin und weg.

Es hätte alles so schön sein können, hätte Sven nicht das von Kristina Bendix erzählt. Die Mousse, garniert mit Kiwi, Papaya und aufgeschnittenen Orangenscheiben, bleibt in der Küche.

‚Das durfte wirklich nicht wahr sein. Die Bendix akzeptiert sie nicht. Niemals.'

Da hilft auch nicht, dass Sven den Reinfall mit der Helmholtz zugibt. Michelle bleibt unbeeindruckt.

„Dann musst du halt noch mal von vorne beginnen. Oder du siehst dir die anderen Bewerbungsunterlagen noch mal durch."

Sven will nicht, dass der Abend, der so schön begann, im Streit endet. Allerdings versteht er nicht, warum Michelle so hartnäckig ist, und – obwohl sie Kristina Bendix gar nicht kennt – opponiert, ja opponiert. Wenn sich das nicht legt, dann muss er zum letzten Mittel greifen.

Kurze Zeit überlegt er, ob er sich nicht besser von Michelle trennen sollte. Er ist im Business und nicht im Kindergarten. Michelle muss endlich kapieren, dass seine Firma und deren Zukunft ebenso sein Lebensinhalt sind wie die Freizeit, die er mit Michelle verbringt.

Doch da bringt sie die Mousse, und Sven lenkt ein:

„Lass mich noch mal überlegen. Weißt du, wir sollten uns den Abend nicht durchs Geschäft verderben lassen."

Michelle weiß, dass sie nicht viel erreicht hat. Aber sie liebt Nachtisch, die Mousse mit Früchten und – Sven kann so verführerisch sein...

Es wird eine wunderbare Nacht.

Workshop

- Es ist für Manager, eigentlich für jeden beruflich Aktiven wichtig, ein Privatleben zu haben, aus dem man Kraft schöpfen kann.
- Empfehlung an Manager und Assistenten/innen: Planen Sie ihr Privatleben mit gleicher Präzision wie den geschäftlichen Bereich. Es lohnt sich, auch fürs Geschäft!

Kristina startet

Das Wasser prickelt angenehm auf der Haut. Kristina fühlt sich wie neugeboren und ein wenig an einen der vielen Fernsehspots erinnert, in denen sich junge schlanke Frauen mit einem pflegenden Gel unter der Dusche räkeln. Aber nur ein wenig, denn im Unterschied zur Fernsehwerbung startet Kristina damit nicht froh gelaunt in einen neuen Tag, sondern gönnt sich diese wohltuende Dauerberieselung nach ihrem ersten Arbeitstag bei Gusti.

‚Das wäre auch mal einen Spot wert!', denkt sie sich, während sie sich ein Handtuch schnappt. ‚So ein Dreh über den ersten Arbeitstag in einem neuen Betrieb. Duschen und danach abschalten! Die Wohlfühlklamotten anziehen und ein wenig rumlümmeln. Höchstens noch die Tiefkühlpizza in den Ofen schieben.'

Ja, für Tiefkühlkost könnte sie auch gleich noch Werbung machen. Bei dem Konsum an Singlemenüs! Abends muss es eben schnell gehen. Na, und wenn man obendrein alleine ist, verschlingt man so einiges.

Doch ganz so einfach geht das mit dem Abschalten nicht. Die Erinnerung an ihren ersten Tag bei Gusti lässt Kristina dann doch nicht zur Ruhe kommen. Die Tiefkühlpizza hat auch schon besser geschmeckt. Morgen würde sie sich mal wieder zur Abwechslung Gnocchi mit Pesto oder Tomatensoße machen. Gnocchi, Pizza, Gnocchi, Pizza. Ihr Speiseplan wird mit der Zeit immer einseitiger.

In Gedanken lässt sie den ersten Tag noch einmal Revue passieren:

Beinahe wäre sie dieses Mal wieder zu spät gekommen, weil sie eine volle halbe Stunde auf die U-Bahn warten musste, die wegen Stromausfall einfach nicht kam.

Von Hoffmann wurde sie sehr freundlich empfangen. Sogar frische Blumen hat er ihr zum Einstand auf den Schreibtisch gestellt, und auf dem Türschild stand schon ihr Name: Kristina Bendix.

Und wie sie dann den Kollegen vorgestellt wurde! Sie versucht sich zu erinnern.

Da war Heiner Hollerbach, der agile Vertriebsmann, der immer einen Spaß auf den Lippen hatte, Rainer Mangold, der Finanzchef, der aussah wie ein Buchhalter, der zum Finanzminister befördert worden ist und Fabio Albiniani, der Marketingleiter, der sie sofort mit flotten Werbesprüchen begrüßte.

„Wollen Sie unseren neuen Werbeslogan hören? Gustibärchen sind zum Vernaschen da. Wir sind alle kleine Gustibärchen."

Hoffmann, der neben ihr stand, sagte darauf: „Fabio, machen Sie hier keinen Ärger, bitte nicht noch mal."

Das irritierte Kristina ein wenig.

Auch die Damen waren sehr nett, die vom Empfang zum Beispiel: Da stimmte die Chemie auf Anhieb. Die konnten sich noch an mich erinnern und freuten sich richtig, als Hoffmann mich ihnen als seine neue Assistentin vorstellte.

Hoffmann machte das wirklich ganz gut, nicht so steif. Richtig locker. Es tat gut, nicht auf einem silbernen Tablett serviert und von einer Abteilung zur anderen durchgereicht zu werden. Das ist meistens für alle etwas peinlich und richtig kennen lernen tut man sich ohnehin erst später. Trotzdem war's anstrengend.

Den halben Vormittag haben wir zusammen gesessen und besprochen, wie wir die Arbeit gemeinsam am besten bewältigen würden. Vor allem jetzt, wo so viel liegen geblieben war.

Kristina dachte beim Anblick der aufzuarbeitenden Post und der unerledigten Vorgänge für einen Moment an Thomas.

Der hatte auf seinem Schreibtisch auch immer eine Ansammlung diverser Papiere, die von ihm „quartalsmäßig bearbeitet" wurden. Und „quartalsmäßig" bedeutet in diesem verschärften Fall, dass alles einfach so lange liegen blieb, bis sich irgendjemand meldete, der einen benoteten Seminarschein oder Ähnliches brauchte.

Erst dann kam wieder etwas Schwung in den Stapel, flatterten Papiere, wurde gesucht – oft mit vereinten Kräften. Gefunden hat er dann doch alles. Wenn nicht, wurde der Stoß bearbeitet und Thomas war unausstehlich.

Kristina stellt den leeren Pizzateller in die Spüle, gießt sich Orangensaft ein und legt die Füße hoch.

Allein der Berg Arbeit, den sie heute auf ihrem Tisch gesehen hat und dann noch der auf Hoffmanns Tisch, das verspricht harte Arbeit. Sie wird es schon managen! Das ist schließlich ihr Job. Und sie freut sich auf morgen.

Wie sagte Hoffmann doch so nett:

„Wir werden das alles gemeinsam angehen in den nächsten Tagen."

Kristina hat die Begabung, sich Gespräche oft bis ins kleinste Detail hinein wieder in Erinnerung zu rufen.

‚Und außerdem lächelte er mich so freundlich an, dass ich in dem Moment bereit gewesen wäre, mit ihm sofort und unwiderruflich die Verantwortung für ganz Gusti zu übernehmen. Für immer. Koste es was es wolle!'

Kristina streckt sich genüsslich auf dem Sofa aus, denkt nach:

‚Es ist doch nicht so abwegig zu denken, man sei die rechte Hand des Chefs.'

Voll Elan richtet sie sich auf und schnappt sich ein fruchtiges Bärchen zum Nachtisch.

‚Fein, dass er mich sogar zum Mittagessen mitgenommen hatte.'

Dabei erfuhr Kristina doch noch eine ganze Menge mehr über Gusti, über die augenblickliche Geschäftslage, die gar nicht so rosig sein soll.

Als Hoffmann von ihrer Vorgängerin erzählte, hat sie genau hingehört.

‚Warum die schon so schnell wieder weg war?'

Hier war Hoffmann nicht sehr gesprächig. Aber sie wird schon noch dahinter kommen. Immerhin hat sie das Gefühl, dass die Helmholtz ihren Job recht ordentlich gemacht hat, wenn man sich die Regale, die Ordner und den Schreibtisch ansieht.

Alles perfekt beschriftet.

Das konnte sie so übernehmen. Ihr fiel nur auf, dass die Ordner ziemlich leer waren.

Auch die anderen Utensilien für ihre Arbeit waren vorhanden: die Wiedervorlagemappe, der Terminkalender, die Arbeitsgutmappe. Auch die PC-Ausstattung ist in Ordnung. Sie arbeitet gern mit dem Outlook-Programm von Microsoft. Damit kann sie eine perfekte Termin- und Aufgabenplanung durchführen. Wobei sie aber nicht auf ihren guten alten Terminkalender verzichten möchte. Mal sehen, ob Hoffmann auch mit Outlook arbeitet und wie man das irgendwann mal vernetzen kann.

Gelegentlich wird sie sich auch die E-Mails vornehmen. Hier hat sie noch keine Idee, wie man das koordinieren kann. Ob Hoffmann sie in seine Mails schauen lässt?

Eine gemeinsame Terminplanung, vielleicht sogar unter Einbeziehung der anderen Führungskräfte, das könnte sie sich schon vorstellen.

Damit war dann aber dieser Tag auch beendet. Jetzt sollte wirklich endgültig Schluss sein.

Beinahe wäre Kristina auf dem Sofa eingeschlafen. Dann fand sie aber doch noch ins Bett. Für eine kurze glückliche Nacht.

Workshop

○ Routineaufgaben richtig managen. (S. 211)

○ Mit E-Mail-Management zum papierlosen Büro. (S. 214)

Der Skandal

Am Montagmorgen der nächsten Woche sieht Sven reichlich übermüdet aus. Es gab einige Spannungen mit Michelle. Deshalb kommt er etwas später ins Büro.

Seine Assistentin legt ihm die Morgenzeitung auf den Schreibtisch. Er nimmt keine Notiz von ihr, ist noch sehr mit sich und der heftigen Auseinandersetzung mit Michelle beschäftigt.

Immer diese Szenen. Heute Morgen hat er so heftig reagiert, dass sie geweint hat.

Dann ging er, ohne noch etwas auf ihre Vorwürfe zu sagen. Er kann es nicht mehr hören, dieses ewige: „Alles andere ist dir wichtiger!“ Ihre ständigen Eifersüchteleien, ihr Gefühl zu kurz zu kommen. Es nervt.

Müde blättert er die Zeitung durch.

Er überfliegt wie immer die Politik, konzentriert sich meistens auf den Wirtschaftsteil. Die schlechten Nachrichten zuerst. Die ungünstigen Unternehmensberichte, die Prognosen, Berichte mit Nachrichten, die belasten: Steuer- oder Zinserhöhungen, Gesetzesänderungen, die zu einer erhöhten Abgabenlast führen. Wo sind Berichte über Unternehmen, die Erfolge aufweisen oder sich mit neuen Produkten, Geschäftsmodellen, Märkten beschäftigen können? Man kann ja viel daraus lernen.

Heute streift sein Blick nur flüchtig über die Artikel, er nimmt sie zwar wahr, liest sie aber im Grunde gar nicht durch.

Beinahe hätte er auch diesen Artikel übersehen:

„BSE-Verdacht: Aus für Gustibärchen?“, so die Schlagzeile im regionalen Wirtschaftsteil.

Kristina kommt zu ihm und stellt ihm die morgendliche Tasse Kaffee und die Kaffeekanne auf den Tisch. Er sieht nicht auf, bedankt sich nicht einmal, spricht kein Wort. Er liest nur.

Kristina ist verunsichert. Letzte Woche war alles so harmonisch, so partnerschaftlich. Sie haben zusammen organisiert, sich prächtig verstanden. Er hat sogar ihre Wunschliste entgegengenommen, in der sie alles für sie Wichtige aufgeschrieben hat.

Ganz oben stand der Wunsch nach einer täglichen Besprechung und Abstimmung, am besten nach der morgendlichen Postdurchsicht. Dann die Festlegung von Aufgaben, die sie ohne ihn erledigen könnte, die Regelung über die Post- und Unterschriftsvollmacht. Und sogar über eine störungsfreie Zeit nach dem Mittagessen haben sie sich verständigt, in der weder Telefonate durchgestellt noch Besuche vorgelassen werden.

‚Ausgerechnet heute komme ich erst so spät zum Zeitunglesen', denkt Hoffmann.

Draußen ist Kristina damit beschäftigt, einige Briefe vom Vortag zu schreiben, als Sven Hoffmann sie hereinruft.

„Das darf nicht wahr sein. So etwas ist doch ungeheuerlich! Eine solche Nachricht in der Zeitung. Ich kann es mir nicht erklären. BSE! Das ist doch das Aus! Gut, wir verarbeiten für die Gustibärs Gelatine. Aber doch nicht aus Rindfleisch. Lesen Sie sich das mal durch!" Er gibt ihr die Zeitung.

Kristina ahnt, dass hier etwas abläuft, das nicht nur sie, sondern auch ihren Chef bis aufs Letzte fordert. Sie spürt, dass Sven sich plötzlich sehr allein fühlt. Wie soll er auch zu ihr schon Vertrauen haben. Sie arbeiten doch erst seit einigen Tagen zusammen.

Sven bringt seine Gedanken nicht auf die Reihe. Das Problem mit Michelle ist vergessen. Auch seine Müdigkeit ist wie weggeblasen. Aber wo und wie soll er jetzt vorgehen?

Kristina erkennt den Ernst der Situation. Sie spürt die Unsicherheit ihres Chefs. Er ist verzweifelt.

„Wir sollten jetzt klären, ob an der Aussage was dran ist, dann sollten wir mit der Zeitungsredaktion reden, woher diese Nachricht kommt, und dann müssen wir überlegen, was zu tun ist. Wenn wir das ordentlich machen, sollten Sie schon wieder Herr der Lage sein, Herr Hoffmann."

Sven ist erstaunt.

‚Kristina Bendix hat es auf den Punkt gebracht. Klar, sie ist neu und längst nicht so emotional mit der Firma verbunden wie ich.'

„Genau richtig, Frau Bendix. So werden wir es angehen. Vielleicht holen wir uns noch Max Brunner dazu, meinen Berater. Wir sollten keine Zeit verlieren."

Die beiden legen los. Kristina versucht, Max telefonisch zu erreichen und ruft dann für neun Uhr dreißig die Abteilungsleiter in das Besprechungszimmer.

Inzwischen versucht sie, den Redakteur zu erreichen, der den Artikel geschrieben hat, um ihn mit Sven Hoffmann zu verbinden. Doch die Leute bei der Zeitung trudeln erst zwischen zehn und elf ein, wie man ihr sagt.

Max Brunner meldet sich telefonisch.

„Sven, jetzt müssen wir sehr vorsichtig agieren. Kann das denn stimmen, was da heute in der Zeitung steht?"

„Niemals."

„Kannst du wirklich ausschließen, dass ihr Rindergelatine verwendet, auch nicht in Polen?" Max lässt nicht locker.

Sven ist viel zu kurz in der Firma. In der polnischen Produktionsstätte, die sein Vater vor drei Jahren eingerichtet hat, war er noch nicht einmal zu Besuch. Aber er weiß, dass die nur mit Gusti-Rezepturen arbeiten. Gut, aber sicher sein kann man sich da doch nicht.

„Max, du musst mir helfen."

Workshop

❍ Tagespost effektiv bewältigen. (S. 215)

❍ Auch der Umgang mit Krisen will gelernt sein. (S. 216)

❍ Erfolgreiches Dementieren von Gerüchten. (S. 217)

Flucht nach vorn

„Jetzt gibt es nur eins: Offenheit und Öffentlichkeit", sagt Max in der Abteilungsleitersitzung, wo Hoffmann, Petersen, Hollerbach, Mangold, Maier, Schneck und Albiniani zusammensitzen.

„Können wir sicher sein, dass bei uns dieses Zeug nicht eingesetzt wird, Herr Petersen, Herr Maier, Herr Schneck?"

Sven möchte dies von dem erfahrenen Forschungsmann hören, der für die Rezepturen zuständig ist und auch von Herbert Schneck, dem Produktionsleiter und von Maier, dem Einkäufer. Alle drei sind schon seit mehr als zehn Jahren in der Firma und kennen die Vorgänge bestens.

Kennen sie sie wirklich? Sven ist noch zu wenig mit allen Interna vertraut, als dass er alles für bare Münze nimmt.

„Was ist, wenn uns jemand dieses Material untergejubelt hat?"

Er erinnert sich an einen Ausspruch seines Vaters: „Den Dropos, den Beckers, traue ich alles zu. Die wollen uns platt machen."

Obwohl Sven Hoffmann keinen von den Beckers besonders gut kennt, ist er sich sicher: „So was kommt höchstens in einem Krimi vor, doch nicht im wirklichen Leben."

Es werden Aufgaben verteilt. Sven ist selbst erstaunt, wie souverän er in dieser Krise reagiert. Jetzt ist er voll da. Fast macht es ihm Spaß, gegen diese Bedrohung anzukämpfen.

‚Wir Hoffmanns lassen uns nicht unterkriegen.'

Als er die Aufgaben verteilt, bittet er Frau Bendix dazu.

„Ich möchte, dass bei Frau Bendix alle Informationen zusammenlaufen. Sie soll für mich auch die verschiedenen Aufgaben koordinieren. Sie wird immer mit mir in Verbindung stehen."

Und Sven verteilt die Aufgaben:

„Petersen überprüft die Rezepturen, Schneck die Fertigung, die Einkaufsquellen und das Lager. Ich selbst werde mich um Polen kümmern und herausfinden, woher die Zeitung diese Information bekommen hat."

Sven fasst noch mal alles zusammen, dann zieht er sich mit Max zurück. Kristina soll die Telefonverbindung nach Polen herstellen.

Pressekonferenz

Es wird schnell klar, dass auch in Polen nur das verwendet wird, was der zentrale Einkauf bei Gusti zur Verfügung stellt. Noch ein kurzer Anruf bei Herrn Schneck und Sven kann ausschließen, dass Material von Rindern zum Einsatz kam.

„Dann ist da etwas anderes im Spiel."

Sven schaut Max an und denkt an Dropo. Er erinnert sich an die Abschiedsworte einer Chantal Helmholtz: „Gusti wird bald ins Schlingern kommen." Er möchte darüber zu niemand etwas sagen, auch zu Max nicht, schon gar nicht, wenn Kristina Bendix dabei ist.

Die stellt ihm jetzt die Zeitungsredaktion durch. Der Gesprächspartner ist sehr nett, aber kurz angebunden. „Wir nennen unsere Informanten grundsätzlich nicht. Aber ich kann gern mal nachprüfen, aus welcher Quelle das stammt."

Sven wird etwas laut: „Unsere Auskunft hieß doch bereits: ‚Wir verwenden keine Rindergelatine'. Wenn Sie etwas drucken, was nachweislich falsch ist, mache ich Ihr Blatt und auch Sie persönlich für die Folgen verantwortlich!"

Das saß!

Max nickte und empfahl ihm, diese harte Linie weiter zu verfolgen, notfalls einen Anwalt einzuschalten. Doch er sollte auch möglichst schnell, eventuell für morgen eine Pressekonferenz abhalten, auf der über den Produktionsprozess bei Gusti berichtet wird. Hier wären auch die Herren Abteilungsleiter gefordert.

Die Vorbereitung der Pressekonferenz war für Kristina etwas, was alles über den Haufen warf.

Sie musste auf die Schnelle die Adressen und die zuständigen Redakteure der wichtigsten Tages- und Fachzeitungen herausfinden. Das kostete am meisten Zeit. Helfen konnte ihr bei Gusti niemand, denn die Pressearbeit war nicht organisiert. Presse macht der Chef und das auch nur gelegentlich. So war es zumindest bisher.

Als sie von Ralf angerufen wurde, der sie zu einem kleinen Tanzabend in seiner Tanzschule für den Abend einladen wollte, hatte sie gleich abgesagt. Dabei wäre das vielleicht die richtige Entspannung gewesen. Ralf, mit dem hätte sie sich eigentlich gern wieder getroffen.

Wie lädt man zu einer Pressemitteilung ein? Kristina hatte keine Ahnung. Sie hatte das noch nie gemacht. Wen könnte sie fragen? Sven? Albiniani? Vielleicht findet sie es selbst heraus. Sie sucht im Bücherschrank ihres Chefs. Vielleicht steht dort ein Buch über Öffentlichkeitsarbeit. Fehlanzeige. Aber halt. Sie hat doch in ihrem eigenen Regal eine Checklisten-Sammlung gesehen. Vielleicht ist da was drin? Sie blättert und in der Tat: „Wie man eine Pressekonferenz organisiert". Gar nicht so schlecht, dieser Ordner. Den sollte ich mir überhaupt mal vornehmen.

Kristina legt los. Sie ruft bei Max an. Der hat einen Presseverteiler, den er ihr per E-Mail zuschickt. Wie lange hätte sie gebraucht, die Adressen einzusammeln, sie sich aus den einzelnen Zeitschriften zusammenzusuchen?

Und dann schnell erfasst, einen Serienbrief entworfen, mit Sven abgestimmt und per Fax raus an die Redaktionen.

Das alles in weniger als einer Stunde. Kristina ist stolz. Diese Leistung kann sich sehen lassen. Das soll mir mal einer nachmachen. Doch weder Sven noch sonst jemand in der Firma kümmert sich um sie.

Sven bereitet die Pressekonferenz vor, überlegt, was er wie sagen will. Er bittet Kristina, das alles mal zusammenzuschreiben.

Dann war da noch die Pressemappe herzurichten. Da müssen unbedingt die Qualitätszertifikate rein. Doch wo sind die? Kristina kann in den Ordnern ihrer Vorgängerin nichts finden. Nach einiger Zeit entdeckt sie in einem hinteren Schrank noch ca. dreißig Ordner mit Aufschriften, wie man sie aus alten Archiven kennt. Erstaunlicherweise sind jedoch in diesem Schrank auch Unterlagen von diesem Jahr. Kristina denkt nicht weiter darüber nach. Die Zeit drängt.

Aha, ein Ordner: Qualitätsüberwachung. Kristina schlägt ihn auf und findet die Prüfzeugnisse vom letzten Jahr. Perfekt. Jetzt hat sie alles zusammen.

Dann möchte Sven noch von ihr wissen, wie man denn eine Pressemitteilung schreibt.

„Tut mir leid, Herr Hoffmann, aber so was war in meiner Ausbildung nicht enthalten."

Kristina denkt wieder an den Ordner und hat wieder Glück. Das darf doch nicht wahr sein. Dieser Ordner ist meine Rettung.

Sie erfährt, dass eine Pressemitteilung so aufgebaut sein soll, dass der Empfänger, der Redakteur, mit einem Blick erkennt, worum es geht und warum es sich um eine neue oder wichtige Mitteilung handelt. Redakteure werden mit Informationen zugeschüttet.

Als Sven ihr seinen Entwurf herausgibt, ist sie schon ein wenig schlauer. Sie überprüft seine Pressenotiz anhand des Anforderungsprofils aus dem Ordner.

Da sind noch einige Korrekturen anzubringen. Kristina macht die Arbeit jetzt richtig Spaß. Die Aussagen in der Pressenotiz werden alle mit Fakten unterlegt. Zeugen werden benannt. Alles ist auf einer Seite dargestellt.

Als Sven sich erkundigt, wie weit sie denn sei, sagt sie ihm mit Stolz:

„Ich glaube, wenn wir das morgen verteilen, sind die Presseleute auf unserer Seite. Ich habe übrigens noch in meinem schlauen Buch einen zweiten Presseverteiler für die Wirtschaftszeitungen gefunden und aus dem Internet habe ich mir einen Verteiler für unsere Fachzeitschriften heruntergeladen."

Sven ist von seiner Assistentin begeistert. Die wickelt nicht nur ab, die denkt mit und das Schönste: ‚Die handelt so, wie ich handeln würde, wenn ich perfekt wäre. Aber ich bin es halt nicht.' Er lächelt innerlich und ist stolz auf seine Assistentin.

Die Pressekonferenz verlief planmäßig. Kristina kontrollierte am Eingang die Namen. Einige der Presseleute hatten ihr Erscheinen angekündigt. Die standen auf einer Extra-Liste. Die anderen, die einfach so kamen, auf einer anderen. Jedenfalls konnte Kristina abhaken und wusste, wer da war. Gleichzeitig konnte sie sicher sein, dass niemand dabei war, der nicht dazugehörte.

Sven begrüßte die Presseleute und konnte glaubwürdig darlegen, dass die Nachricht lediglich auf einem Gerücht beruhe. Er ging den Vertreter der Zeitung, die es verbreitet hatte, ziemlich hart an. Der hat sich so undeutlich ausgedrückt, dass seine Kollegen mit hämischem Grinsen erkannten, dass hier nicht alles in Ordnung ist. Ein Plus für Gusti. Kristina spürte, wie sehr Sven Hoffmann erleichtert war.

Die Pressekonferenz war ein voller Erfolg. Hinterher, als sie mit Max Brunner und Sven Hoffmann vom Hotel zurück in die Firma fuhr, meinte Hoffmann, es sei ihm aufgefallen, dass in der Lebensmittel-Zeitung, dem führenden Fachblatt der Branche, ein Aufsatz über die Rezepturen von Gummibärchen veröffentlich worden ist. Das stand in Zusammenhang mit der BSE-Problematik.

Er glaubt sich zu erinnern, dass in diesem Artikel auch Essenzen genannt waren, die – seines Wissens – nur von Gusti eingesetzt werden.

Gibt es vielleicht doch jemand in der Firma, der nicht loyal ist und der etwas im Schilde führt?

Sven muss künftig vorsichtiger sein. Schließlich ist die Rezeptur von Gusti mindestens so geheim wie die von Coca Cola. Daran darf sich nichts ändern.

Workshop

- Pressekonferenzen müssen perfekt vorbereitet werden. (S. 218)
- Wie man Pressemappen zusammenstellt. (S. 219)

C Aufgabenmanagement

Wer sich zu wichtig für kleine Arbeiten hält, ist oft zu klein für wichtige Arbeiten.

Jacques Tati

Tägliches Chaos

Sven sitzt heute als Gusti-Chef etwas lustlos über den vor ihm ausgebreiteten Unterlagen: Lieferanfragen, Preisanfragen, Reklamationen, Bestellungen.

Ihm schwirrt der Kopf. Alles landet bei ihm. Doch er will es ja schließlich so.

Dann auch heute noch die Änderung bei der Telefonanlage, die schon den ganzen Morgen über für ein heilloses Durcheinander gesorgt hat.

Zuerst konnte man nicht mehr nach draußen telefonieren, dann gingen keine Anrufe mehr rein. Dabei waren diese Arbeiten an der Telefonanlage wichtig, sehr wichtig und längst überfällig.

Künftig können die Anrufer mithilfe der automatisch gespeicherten Nummern zurückgerufen werden, nur ein neuer Vorteil von vielen. Nur für heute war die Telefonaktion der absolute Zeitkiller. Er weiß, das war die Idee von Kristina und er hat ihr zugestimmt. Doch der Mann von der Telefonfirma nervt ihn, stört ihn bei seiner Arbeit.

Kristina sitzt derweil an ihrem Platz und ist zufrieden mit sich. Sie hat sich gut eingelebt. Das Tagesgeschäft funktioniert prima, nicht zuletzt dank der fest anberaumten Zeiten für Besprechungen. Und die Verbesserungen an der Telefonanlage kann sie nur begrüßen, jetzt, nachdem endlich wieder alles zu funktionieren scheint.

Abends, vor Geschäftsschluss setzen sie sich immer noch mal zusammen, damit Briefe unterschrieben und die Tagesplanung für den nächsten Tag besprochen werden können.

Auch eine Geschäftsreise hat sie für ihren Chef schon vorbereitet: Business-Class München-Warschau und von dort weiter per Bahn nach Lodz. Die Buchung hat sie noch über das Reisebüro getätigt, das nächste Mal wird sie es gleich übers Internet erledigen.

Doch dann taucht der Mann von der Telefongesellschaft schon wieder auf: Anrufbeantworter für jeden Arbeitsplatz sollen noch installiert werden.

„Davon weiß ich nichts“, sagt Kristina.

„Ich weiß nur, dass Gusti eine Bestellung über insgesamt achtzehn dieser vollautomatischen Anrufbeantworter geordert hat, tut mir leid. Wo kann ich anfangen?“ Der Mann mit seinem buschigen Schnauzbärtchen hält das Corpus Delicti in die Höhe und ist wild entschlossen, sofort wieder loszulegen.

„Das muss ein Missverständnis sein.“ Kristina versucht ihn gerade noch davon abzuhalten, sich ihres Telefons zu bemächtigen und am Kabel zu zerren.

„Nein, gewiss nicht, sehen Sie doch selbst.“

Der Mann hält ihr triumphierend ein Schreiben unter die Nase, woraus eindeutig hervorzugehen scheint, dass Gusti diesen Auftrag erteilt hat.

„Einen kleinen Moment bitte.“

Kristina geht zu ihrem Chef, in der Hoffnung, es handele sich doch noch um ein Versehen. Aber sie ahnt schon: Das wird Ärger geben. Unterzeichnet ist die Kopie der Bestellung mit „Ch. Helmholtz“.

Und es gibt Ärger. Zum Glück ließ sich der Bestellauftrag

dann doch noch rückgängig machen, Gusti ist schließlich ein wichtiger Kunde. Da war die Helmholtz mit ihrem Perfektionismus wohl doch etwas zu weit gegangen.

Sven ist froh, der Helmholtz so schnell gekündigt zu haben und freut sich, dass die Bendix so kostenbewusst denkt.

‚Das war notwendig! Wer weiß, was die noch alles angezettelt hätte!'

Aber das sollte noch lange nicht alles gewesen sein, was die Helmholtz hinterlassen hatte. Auch an den folgenden Tagen gibt es noch einige Überraschungen.

Immer mehr Reklamationen landen bei Kristina: Ungültige Rabattgewährung, nicht eingehaltene oder falsche Lieferzusagen, die offensichtlich nie an den Vertrieb weitergeleitet wurden und, und, und. Oft hilft da alles nichts mehr, und der Chef muss ein weiteres Mal eingeschaltet werden, um Schadensbegrenzung zu betreiben, wo es zumindest noch einen Funken Hoffnung gibt, überhaupt etwas begrenzen zu können.

„Frau Bendix, Sie sehen, ich hätte Ihre Vorgängerin nie so vieles allein machen lassen sollen. Das war ein Fehler, den wir jetzt beide ausbaden müssen."

Dafür hat Kristina inzwischen das Tagesgeschäft bestens im Griff. Es läuft alles nahezu störungsfrei. Sicher, einige Dinge ließen sich noch verbessern. Aber das kann sie Zug um Zug in Angriff nehmen.

Heute wird sie den Störfaktor Faxgerät beseitigen.

Den Tipp dazu bekam sie von Heike: „Schreibe dir auf, was dich stört, gleich am Anfang. Mach dir die Mühe, es lohnt sich. Bestimmte Dinge müssen sich gar nicht erst einschleifen, wie zum Beispiel, dass du für andere Faxe durchschiebst. Das war bei mir anfangs so nervig. Und dann die Anfragen, wenn es die

Kollegen dann selbst machen sollten, wie rum denn nun das Papier einzulegen wäre etc., oder ob denn schon Antwort gekommen sei. Das kostet Zeit, das nervt."

Und so hat Kristina gleich eine Gebrauchsanweisung am Faxgerät angebracht, nachdem immer mehr Mitarbeiter einfach ihr Fax bei ihr ablieferten und sie baten, es für sie durchzugeben. Das hatte wohl die Steiner immer für die ganze Firma gemacht. Aber jetzt, mit der Anweisung, werden die es schon selbst können.

Die Fehlermeldung stellte Kristina dann auch gleich leiser. Schlimm genug, dass das Fax neben ihrem Schreibtisch steht und ständig tackert, wenn Sendungen eingehen. Aber wenigstens kann sie dadurch Wichtiges gleich rausfischen. Das ist ja auch nicht schlecht. Und sie hat den Überblick. Schließlich ist es das zentrale Fax der Gusti GmbH.

Den anderen potenziellen Störfaktor, das Telefon, gibt es bei ihr ohnehin nicht. Das hat sie schon drauf, wie man mit ungebetenen Anrufern umgeht oder wie man Vielredner im Zaum hält. Ein Vierteljahr in der Kundenzentrale bei Semes im Vertrieb schult fürs Leben. Und Leute, die meinen, sie müssten den Chef sprechen, ohne ihren eigenen Namen zu nennen, sind bei ihr sowieso an der falschen Adresse.

Wenn die den Namen auch auf Rückfrage nicht rausrücken wollen, dann haben die eben Pech gehabt, dann ist es auch nicht wirklich wichtig. So einfach ist das.

Nur dass trotzdem alles und jeder an ihrem Chef zerrt und sie nicht mehr dagegen unternehmen kann, das stört sie. Doch dann ist es Hoffmann, der sie darauf anspricht:

„Frau Bendix, so kann es nicht weitergehen. Ich komme gar nicht mehr zu den Dingen, die wirklich wichtig sind, nämlich

Gusti fit für die Zukunft zu machen!“

Kristina versteht ihren Chef nur zu gut.

‚Nur, warum sieht er mich dabei so anklagend an? Ich bin doch nicht schuld an der Misere. Ich versuche ihn doch ohnehin so gut es geht abzuschirmen.'

Kristina versucht sachlich zu bleiben, zeigt Verständnis:

„Ja, es ist viel passiert in den letzten Tagen. Der Ärger mit der Telefonanlage und der Bestellung der Anrufbeantworter, dann die vielen Reklamationen noch aus der Zeit von Frau Helmholtz, jetzt die Vorbereitungen für die ANUGA.“

Sven will aber nicht hören, was alles geleistet werden muss, sondern erhofft sich eine Antwort, wie die anstehenden Aufgaben bewältigt werden können:

„Vielleicht hilft es auch, wenn wir für die nächsten drei Monate bis zur Messe einen Vorbereitungsplan erstellen, sonst verzetteln wir uns nur noch mehr.“

„Das mag sein. Das können wir ja mal ausprobieren.“

Aber Sven Hoffmann denkt schon für sich darüber nach, warum sich bisher so wenig verändert hat. Sein Schreibtisch ist immer noch „knallvoll“, während der Schreibtisch von der Bendix nicht nur aufgeräumt, sondern sogar ziemlich leer ist. Sollte es nicht genau umgekehrt sein. Läuft da was falsch?

Workshop

- Störfaktoren beseitigen (S. 220)
- Mögliche Störfaktoren im Büro: unerwünschte Kurzbesuche von Kollegen und Vorgesetzten, Lärmbelästigung durch Telefon und Faxgerät etc.

So geht's

Heike ist toll. So gut zuhören kann sonst kaum jemand. Seit drei Stunden sitzt Kristina nun schon bei ihr, drei Kannen Yogi-Tee und jede Menge Plätzchen intus.

„Bei mir ist alles in Ordnung. Aber Sven Hoffmann ist viel zu gutmütig. Er will es allen recht machen, will jedem helfen. Jeder weiß das und nutzt es aus. Ich schotte ihn ab, so gut es geht. Aber es reicht nicht. Da kann man doch keinen klaren Gedanken fassen. Und ich fürchte, er ist mit mir unzufrieden, macht mich für seine Überlastung verantwortlich. Inzwischen glaube ich es selbst schon."

Doch Heike wäre nicht Heike, hätte sie nicht auch für solche Fälle tröstende Worte parat. Ein weiteres Mal versucht sie Kristina zu versichern, dass nicht sie für das Problem ihres Chefs verantwortlich ist.

„Dennoch kannst du etwas tun. Denk' daran, der Hoffmann ist ein toller Chef und ein schlauer Kopf, so wie du von ihm erzählt hast. Ihr dürft euch jetzt in der Anfangsphase nur nicht irre machen lassen. Du musst ihm helfen, das Alltagsgeschehen in den Griff zu bekommen."

„Aber gerade das gelingt mir doch offensichtlich nicht!"

Kristina ist verzweifelt. ‚Genau das ist doch der springende Punkt!'

Heike schüttelt den Kopf. „Hör mal. Mein Chef wollte am Anfang am liebsten auch alles selbst machen. Damit hat er sich aber ziemlich übernommen: Kreislaufkollaps und so. Das war wirklich übel und hätte noch viel schlimmer enden können. Jedenfalls: Während er im Krankenhaus lag, musste ich die Arbeiten delegieren. Und als er dann nach ein paar Wochen wieder zurückkam, haben wir gemerkt, es geht tatsächlich auch anders. Es gibt immer Aufgaben, die anderen übertragen werden können. Im Notfall muss ja auch jemand einspringen. Außerdem: Auch Gusti ist alles andere als ein Einmannbetrieb. Du musst jetzt etwas tun, wenn nicht alles bei dir hängen bleiben soll."

Heike hat auch gleich die Idee:

„Versuche doch mal, seinen Zu-Erledigen-Korb – so einen hat er doch? – mit ihm durchzugehen und frage ihn bei jedem einzelnen Vorgang, wer in der Firma dies für ihn erledigen könnte. Du wirst sehen, vieles kann delegiert werden."

„Da hast du Recht", bestätigt Kristina und will es gleich morgen angehen.

Und Heike weiter: „Dann gibst du ihm immer wieder Vorgänge, zu denen er Stellung nehmen soll, wo er jemand anrufen oder eine Entscheidung treffen muss. Wenn du mit ihm gemeinsam überlegst, ob er persönlich wirklich derjenige in der Firma ist, der diesen Vorgang bearbeiten muss, oder ob es da nicht jemand anderen gibt, der das genauso oder vielleicht sogar besser erledigen kann, dann wirst du staunen, wie du ihn zeitmäßig freischaufeln kannst."

‚Die Heike ist super', denkt Kristina und überlegt schon, wie sie das morgen in Angriff nimmt. Aber ihre Freundin hat gleich noch eine weitere Anregung.

„Achte doch mal darauf, was der Produktions-, der Marketing-, der Einkaufsleiter und all die anderen Führungskräfte selbst tun könnten. Frag' die doch mal, warum sie zum Chef kommen. Und schreib dir alles auf. Und dann besprichst du es mit Hoffmann, und fragst, inwieweit die nicht selbst einiges erledigen können. Aber bitte: Das erfordert sehr viel Fingerspitzengefühl."

Kristina ist entschlossen, es damit zu probieren. Mehr als schiefgehen kann es ja nicht. Und Fingerspitzengefühl? Das hat sie. Daran sollte es nicht scheitern.

Delegieren

Svens Kopf brummt. Gestern hatte er mit Michelle noch zwei Flaschen Rotwein geköpft. Sie hatten nicht über ihre Probleme und auch nicht über Geschäftliches geredet, sondern gemeinsam überlegt, wie sie ihren nächsten Urlaub gestalten könnten. Doch Rotwein in größeren Mengen, zu später Stunde, das verträgt er nicht.

Er sitzt an seinem Schreibtisch und überlegt, wie er sich für seine wichtigen Arbeiten besser frei machen kann, denn so geht es in keinem Fall weiter. Eigentlich müsste er mit seiner neuen Assistentin mal darüber reden. Bis jetzt hat sich nicht viel verändert. Die unerledigten Vorgänge liegen immer noch wie Blei auf seinem Tisch.

Gerade als er sich vornimmt, mit Frau Bendix das grundsätzliche Gespräch zu führen, klopft es an der Tür.

Kristina Bendix fragt: „Haben Sie ein paar Minuten Zeit?" und schaut ihn mit ernsten Augen an. „Herr Hoffmann, ich habe mir da ein paar Gedanken gemacht über unser gestriges Gespräch."

Sven passt das ganz gut ins Konzept, er hätte sich ohnehin mit ihr unterhalten müssen. Nur hätte er es gern noch ein wenig hinausgeschoben, hätte es vielleicht erst dann getan, wenn es einen konkreten Anlass gegeben hätte.

Kristina nimmt all ihren Mut zusammen, um bei ihrem Chef ihren Vorschlag anzubringen. Hoffmann soll wissen, dass ihr die momentane Situation keinesfalls egal ist, dass sie aber auch nicht dafür verantwortlich zu machen ist, wenn es bei Gusti eingespielte Abläufe gibt, die sie nicht ohne weiteres verändern kann.

„Legen Sie nur los, Frau Bendix, ich bin ganz Ohr!"

Sven weiß, er kann seine Assistentin ohnehin nicht zurückhalten. Nur ihr ernster Blick, der macht ihm ein wenig Sorge.

Aber seine etwas väterliche Aufforderung kommt bei ihr gar nicht gut an, die passt eigentlich gar nicht zu Hoffmann.

Ihre Anspannung bleibt. Doch sie kneift nicht:

„Herr Hoffmann", startet sie einen erneuten Versuch, während sie tief Luft holt.

Sven spürt: Jetzt bekommt er gleich etwas Wichtiges mitgeteilt. ‚Eine Kündigung? Die Bendix wird doch nicht kündigen wollen? Die Kritik gestern, die war doch gar nicht so gemeint.'

Auch er wirkt jetzt angespannt.

Kristina fährt fort:

„Wäre es nicht sinnvoll, wenn Sie vielleicht die eine oder andere Aufgabe weiterdelegieren würden? Sie müssen doch nicht für alles und jeden Verantwortung übernehmen. Da bleibt doch keine Zeit für die eigentlichen Aufgaben der Geschäftsführung."

‚Das kam jetzt doch etwas hart rüber', denkt sich Kristina, während sie in das etwas verstört wirkende Gesicht ihres Chefs blickt.

Manchmal ist man darum bemüht, einen Sachverhalt, den man sich zuvor wohl durchdacht hat, ganz besonders vorsichtig darzulegen, und dann ist der Tonfall doch genau der falsche, ist die Wortwahl alles andere als gelungen.

Aber Kristina wollte in dem Moment raus mit der Sprache, endlich das aussprechen, worüber sie sich Gedanken macht, egal was passiert. Und jetzt bereut sie es schon wieder.

Sven ist völlig überrascht. Damit hat er nicht gerechnet.

‚Die Bendix ist sehr direkt, die sagt, was sie denkt', kommt ihm in den Sinn, während minutenlanges Schweigen herrscht.

Kristina dreht die Kordel ihrer Strickweste immer fester um den Finger.

‚Jetzt hab ich's verpatzt. ‚Vorsichtig' hat Heike doch gesagt, ‚ganz vorsichtig' sollte ich es ihm als Möglichkeit in Aussicht stellen.'

Doch Sven denkt keineswegs daran, dass die Offerte beleidigend oder ehrenrührig sein könnte. Im Gegenteil:

„Gar nicht so schlecht der Vorschlag, ein wenig mehr zu delegieren", sagt Hoffmann und lächelt seiner Assistentin zu.

Die schenkt endlich der Kordel wieder ihre Freiheit, und nimmt den zurückgespielten Ball auf. Sie spürt:

‚Hoffmann ist mir nicht böse!'

Und jetzt ist sie kaum noch zu halten, versucht zu punkten:

„Sicher kann doch der Produktionsleiter, der Marketingleiter, der Finanzchef die eine oder andere Sache übernehmen. Herr Mangold könnte ja beispielsweise mit Herrn Hollerbach die Preise festlegen. Dann bekämen Sie immer fertige Vorlagen, die schon entscheidungsreif sind und Sie müssten dann nicht zig Anrufe und Rückfragen tätigen. Auch ich kann Ihnen in meinem Bereich sicher die eine oder andere Sache abnehmen. Fangen wir doch gleich heute an! Ich könnte ja einen Standardbrief für Reklamationen aufsetzen, der dann nur noch etwas variiert werden müsste, je nach Kunde und so."

Sie schaut Hoffmann in die Augen, um zu sehen, ob sie nicht doch einen Schritt zu weit gegangen ist. Doch genau das Gegenteil scheint der Fall zu sein.

Sven Hoffmann strahlt. Natürlich, darüber hat er auch schon nachgedacht. Er ist ein Verfechter des situativen Führungsstils. Jeder Mitarbeiter muss anders geführt werden, je nach dessen Engagement beziehungsweise seiner Motivation und seinen fachlichen Voraussetzungen. Beim Anfänger kann man nicht gleich delegieren, da muss man mehr mit Direktiven arbeiten, aber man kann dann je nach Entwicklungsstand zu einem sehr hohen Delegationsgrad gelangen.

Sven ist nicht mehr zu bremsen. Er hält ihr einen Vortrag, wie man richtig delegiert. Kristina hört interessiert zu und merkt, sie hat ins Schwarze getroffen.

Als gelernte Assistentin, die sich vorher obendrein mit Heike abgesprochen hat, nutzt sie die Gelegenheit, gleich mit der praktischen Arbeit anzufangen.

Sie schlägt vor, dass sie sich gemeinsam seinen Arbeitsstoß vornehmen und prüfen, wer denn außer ihm die Vorgänge bearbeiten könnte. Dann könnte sie bereits im Vorfeld abklären, welche Vorgänge wirklich an ihn herangetragen werden müssen. Inzwischen hat sie ja einen sehr guten Draht zu den anderen leitenden Herren. So erfährt sie schnell, warum die den Chef sprechen wollen und kann vielleicht durch geschickte Formulierungen auch ein wenig dazu beitragen, dass diese sich vorher überlegen, ob sie nicht besser selbst das Problem lösen wollen.

Aber es wäre natürlich gut, wenn Hoffmann einmal grundsätzliche Gespräche mit den Herren führen würde.

Sie sind sich einig.

Sven bittet sie darum, möglichst bald mit den Abteilungsleitern entsprechende Termine zu vereinbaren. Das erste Gespräch will er mit dem Vertriebsleiter Hollerbach führen, denn dort scheint es am meisten im Argen zu liegen.

Kristina ist glücklich. Heike ist ein kluges Mädchen. Als sie dann am Nachmittag zum Telefonhörer greift, um dem Gespräch vom Vormittag sogleich Taten folgen zu lassen, kommt ihr Hollerbach zuvor. Der steht bereits in ihrem Zimmer und will zum Chef. Kristina freut sich:

„Hallo, Herr Hollerbach, ich wollte Sie gerade anrufen."

„Dann können Sie sich das ja nun sparen, Frau Bendix. Worum geht es denn?"

Er sieht ernst und grimmig aus. Kristina passt ihren Tonfall an, bremst ihren Enthusiasmus und antwortet trocken:

„Herr Hoffmann möchte Sie sprechen."

„Ich wollte sowieso gerade zu ihm. Danke."

Hollerbach ist kurz angebunden. Er scheint es sehr wichtig zu haben, klopft an und ist auch schon im Chefzimmer verschwunden.

Kristina ahnt nichts Gutes. Wenig später erfährt sie, dass Hollerbach gekündigt hat.

Workshop

- ❍ Was kann delegiert werden? (S. 223)
- ❍ Mit welchem Führungsstil kann mehr delegiert werden? (S. 224)

Versuchung mit Erdbeeren

Das Wetter sah schon am Morgen viel versprechend aus. Tatsächlich: Die Sonne strahlt an diesem Tag mit Kristina um die Wette. Den gestrigen Sturz vom Rad auf der Fahrt durch den Germeringer Forst hat sie gut überstanden. Statt einer Gehirnerschütterung oder einem gebrochenen Arm nur ein paar blaue Flecken. Deshalb hat sie heute morgen auch die langärmelige Bluse und nicht das raffinierte Top mit Schlangenoptik angezogen, obwohl es ein erster heißer Sommertag zu werden versprach.

Im Büro ist es heute relativ ruhig. Hoffmann ist den Tag über auf Geschäftsreise. Das Telefon klingelt nur selten. Endlich kann sich Kristina mal die Arbeit in aller Ruhe einteilen. So sehr sie Hektik mag, ja sogar braucht, so sehr genießt sie es auch, endlich einmal tun und lassen zu können, was sie will. Arbeitsmäßig, versteht sich. Obwohl die Abwesenheit des Chefs auch private Spielräume schafft.

Sie ruft kurz ihre Mutter an und berichtet ihr, was für einen tollen Job sie jetzt bei Gusti hat: „Hier ist zwar viel los, aber der Chef ist sehr sympathisch. Heute ist er auf Geschäftsreise und so kann ich endlich mal ein bisschen Luft holen. Und übrigens: Auch die Kollegen sind wahnsinnig nett."

Den letzten Satz hat Fabio Albiniani gehört, der gerade ins Zimmer kommt. Er lacht übers ganze Gesicht und strahlt so lange, bis Kristina den Hörer auflegt.

„Alle Kollegen sind wahnsinnig nett. Aber es gibt einen, der ist besonders nett, stimmt's?"

„Ich wüsste nicht, wer das sein sollte", entgegnet Kristina

trocken. Sie lässt sich nicht so leicht um den Finger wickeln.

„Wie wär‘s mit einer kleinen Versuchung?“ Fabio Albiniani geht die Sache direkt an.

‚Hoppla‘, denkt Kristina, ‚das darf ja nicht wahr sein.‘ Sie blickt in das fröhliche, sonnengebräunte Gesicht, das dem ihren immer näher kommt. Plötzlich ist sein Mund nur noch eine Handbreit von ihren Wangen entfernt, da blickt sie zur Tür und alles verläuft so, wie Kristina es unbewusst wollte: Blitzschnell geht Fabio Albiniani drei Schritte zurück, bis er realisiert hat, wie geschickt ihn die neue Assistentin abblitzen ließ.

Er wird etwas verlegen. Jetzt könnte er das Spiel noch abbrechen. Aber will er das? Nein, er wäre nicht Fabio, würde er gleich am Anfang aufgeben. Und da Kristina nicht verärgert ist, sondern im Gegenteil, sich mit ihm weiterhin lustig unterhält, plant er einen weiteren Schachzug.

‚Die Masche mit den Werbesprüchen kennt die Bendix sicher schon. Damit darf ich jetzt nicht auch noch kommen‘, denkt er sich und beschließt ein wenig subtiler vorzugehen.

Um abzulenken, bespricht er mit ihr zunächst ein paar geschäftliche Punkte. Er müsste sich mal mit Herrn Hoffmann über die neue Werbestrategie unterhalten und ob sie denn nicht mal nachsehen könnte, welcher Termin für ein solches Gespräch, für das man Ruhe und einen Zeitpuffer nach hinten braucht, am besten passt.

Damit gewinnt er Zeit, kann in Ruhe nachdenken, während Kristina den Terminplan durchgeht.

Das Spiel ist alt, aber wirkungsvoll: Eva hat Adam mit einem Apfel verführt. Mit Erfolg. Und diese bewährte Story, die müsste sich doch auch ummünzen lassen. Warum eigentlich nicht? Warum sollte denn nicht auch umgekehrt Adam seine Eva verführen können? Bei dieser Bendix wird er jedenfalls ganz von vorne anfangen, so viel steht fest. Und er findet die Idee genial, ist begeistert und zögert keine Minute.

„Frau Bendix, ich bin gleich wieder da, ich habe eine Überraschung für Sie."

Fabio fällt ein, dass er bei dem „fliegenden" Obsthändler, der mit seinem Wagen draußen vor dem Gebäude steht, das bekommt, was ihm das Herz der Kristina Bendix öffnet.

So schnell ist er selten die Treppen hinuntergesprungen. Er will zurück sein, bevor Kristina zu Mittag geht. Doch die Äpfel am Obststand sind heute alles andere als verführerisch rot, sondern ausnahmslos grün.

‚Das macht die schönste Liebe kaputt', denkt Fabio und blickt ein Stückchen weiter links und wird fündig: Erdbeeren, rote Erdbeeren, große Erdbeeren, saftige Erdbeeren, weiche Erdbeeren, sündige Erdbeeren.

Er kauft eine ganze Tüte davon. ‚Herrlich, wenn man Erdbeeren wieder in der Tüte bekommt.'

Auf dem Weg zurück in Kristinas Büro sieht er sich schon, wie er die Assistentin mit den Erdbeeren verführt. Er wird sie um eine Schüssel bitten, dann die Erdbeeren unters Wasser halten, die Beeren waschen und ganz zaghaft abtrocknen. Dann wird er sie fragen, ob sie gern Erdbeeren ist, ob sie weiß, wie wilde Erdbeeren schmecken. Und dann, dann wird er ihr eine seiner Erdbeeren anbieten, die erste und dann die zweite und dann...

Vor lauter Erdbeer-Fantasie wäre er beinahe über ihre Türschwelle direkt in ihr Zimmer gefallen.

Sie schaut ihn groß an und all die schönen Gedanken von vorhin sind bei Fabio wie weggeblasen.

Versuchung mit Erdbeeren

„Ich habe uns einen herrlichen Lunch besorgt. Darf ich Ihnen die süßesten, die schönsten Erdbeeren anbieten, die es in München und Umgebung gibt?“

Da kann Kristina nicht Nein sagen. Erdbeeren im Büro, das gefällt ihr. Sie liebt Erdbeeren über alles. Jetzt zu Sommerbeginn, wenn die Hitze den Erdbeerduft so intensiv werden lässt, kann sie nicht widerstehen.

‚Ach ist das herrlich. Ein Sonnentag, Erdbeeren im Büro und dazu ein strahlendes, fröhliches Gegenüber.‘

Kristina weiß, dass sie mit ihren Gedanken nicht ganz allein ist. Fabio hält die Schüssel in seiner Hand und sitzt mit locker übereinander geschlagenen Beinen auf ihrem Schreibtisch. Verführerisch sehen die roten Beeren in der weißen Porzellanschüssel aus.

‚Und wie er das alles nur so schnell organisieren konnte? Alles ging so fix.‘ Kristina staunt zunächst nur, bevor sie sich doch ein paar der großen Beeren zu nehmen getraut, die tatsächlich so lecker schmecken, wie sie aussehen.

Fabio sieht, wie Kristinas Wangen ein wenig vom Rot der Erdbeeren annehmen. Und beide spüren, nicht nur die Erdbeeren sind verführerisch...

Kristina weiß: ‚Jetzt wird's gefährlich. Noch eine Erdbeere und dann?!‘

Sie steht auf, geht zum Fenster und sagt: „Vielleicht sollten wir jetzt aufhören.“

Die Bestimmtheit, mit der Kristina dies zu ihm sagt, signalisiert Fabio, dass sie es ernst meint, dass das Spiel zu Ende ist, obwohl die Schüssel noch immer randvoll mit den verlockenden roten Früchten ist. Aber er lässt nicht locker:

„Wir könnten ja mal gemeinsam Erdbeereis essen gehen

oder in einem netten Lokal Erdbeeren mit Sahne bestellen, zum Nachtisch natürlich."

„Das wäre schön." Kristina sagt dies derart ruhig und gelassen, um damit die prickelnde Situation zu einem schnellen Ende zu bringen und das Angenehme dennoch in guter Erinnerung zu belassen.

Fabio versteht sie nur zu gut, geht nicht weiter darauf ein. Dann erinnert er sich wieder, warum er eigentlich gekommen ist. Er habe die Helmholtz, ihre Vorgängerin mit dem Hollerbach in der Stadt gesehen, erzählt er ihr.

„Ich hatte fast das Gefühl, als hätten die beiden was miteinander", fügt er noch an. „Dabei ist der Hollerbach ja alles andere als attraktiv. Dass diese Klasse-Frau sich mit dem abgibt?"

Kristina interessiert die Geschichte aber in ganz anderer Hinsicht: „Hollerbach und Helmholtz?"

„Ja, aber sonst war da nicht viel zu sehen."

„Wissen Sie denn noch gar nicht, dass der Hollerbach heute gekündigt hat?"

„Echt? Wahnsinn! Das hätte ich dem gar nicht zugetraut."

Fabio versucht komisch zu sein, trifft diesmal aber den Ton nicht. Dann erzählt er lieber davon, wie die Helmholtz gescheitert ist, denn mit dem Hollerbach, mit dem sei er nie so zurecht gekommen. Der hätte sich immer zurückgezogen, wäre ein wenig seltsam und gar nicht kooperativ gewesen. Und damit war dann doch wieder Hollerbach das Thema:

„Dem hat man immer alles aus der Nase ziehen müssen. Ein richtiger Langweiler ist der. Und für den Vertrieb hat er auch nicht viel getan: keine Ideen, keine Konzepte. Eine richtige Schlaftablette. Und zudem meist schlecht gelaunt. Aber so gut wie er hat sich sonst keiner mit der Vertriebsstruktur ausgekannt. Das muss man ihm lassen. Sicher ist das jetzt bitter für Hoffmann. Aber was soll's, jeder ist ersetzbar!“

Womit er wieder auf die Helmholtz zu sprechen kommt, wenn auch ein wenig oberflächlich. Die sei halt mit dem Chef nicht klar gekommen und deswegen hätte sie gehen müssen.

Kristina hört aufmerksam zu.

„Aber dass sie Hoffmann gleich rausgeschmissen hat, das war hart, das war schon ein wenig ungerecht.“

Kristina will gerade nachhaken, da stört ein Anruf der Firma Saldi die beiden: Der Termin für das geplante Einkaufsgespräch muss erneut verschoben werden.

„Das passt nun gar nicht“, sagt Kristina. „Darüber wird sich Hoffmann aber gar nicht freuen.“

Fabio nickt und beschließt, wieder in sein Büro zu gehen. Auch Kristina geht zur Tagesordnung über. Beide werden sich noch öfter in den Mittagspausen treffen, meist dann, wenn Sven Hoffmann außer Haus ist.

Wer steckt dahinter?

„Das auch noch! Wenn nur dieser Hollerbach noch greifbar wäre!“

Sven ist außer sich, nachdem er von der Terminverschiebung bei Saldi erfahren hat. Sofort ruft er deren Chef-Einkäufer an und versucht am Telefon zu klären, welche Probleme hinter der Verzögerungstaktik, die er zu wittern glaubt, stecken. Schließlich ist der Termin nun schon drei Mal verschoben worden.

„Ich bitte Sie, wir müssen in diesem Jahr noch weitere Lieferanten miteinbeziehen, der Kostendruck wird immer größer", vertröstet ihn der Einkaufsleiter von Saldi.

„Ich muss Ihnen auch sagen, dass die Dropo ein eindeutig besseres Angebot abgegeben hat. Und wir sind gezwungen, die Werbekostenzuschüsse für Gusti-Produkte massiv zu erhöhen. Ob längerfristig überhaupt noch eine Zusammenarbeit mit Gusti möglich sein wird, prüfen wir gerade. Sie wissen ja, Dropo ist groß in der Fernsehwerbung vertreten. Damit haben wir wesentlich bessere Marktchancen. Sie können es ja selbst beurteilen: Ohne Fernsehwerbung bleibt ein Unternehmen heutzutage längerfristig auf der Strecke."

Sven ist entsetzt! Fast ein Drittel des Umsatzes der Gusti GmbH droht mit einem Schlag wegzubrechen, sollte das Geschäft mit Saldi tatsächlich platzen.

„Aber Herr Hoffmann, was ist denn passiert?"

Kristina war eben im Begriff, mit der Unterschriftenmappe einzutreten, bleibt aber verlegen im Türrahmen stehen, als sie Hoffmann über dem Schreibtisch zusammengekauert entdeckt.

„Schlechte Nachrichten? Ist irgendetwas mit unserem Kunden Saldi nicht in Ordnung?"

„Sie sagen es, Frau Bendix. Heute ist ein schwarzer Tag für Gusti. Saldi ist einer unserer Hauptkunden und möchte sich nun anderweitig orientieren. Die Dropo-Leute scheinen uns mit einem so günstigen Angebot auszustechen, dass uns Saldi nicht mal mehr zum Gespräch einlädt. Es erstaunt mich, dass uns Hollerbach nicht über die Vorgänge bei Saldi berichtet hat."

Hoffmann schüttelt den Kopf.

„Dann hätten wir vielleicht noch rechtzeitig handeln können. Aber so? Nein, Frau Bendix, es sieht gar nicht gut aus."

Dann scheint ihm eine Erklärung in den Sinn zu kommen. Er denkt laut nach:

„Aber, vielleicht steckt Hollerbach am Ende sogar mit Dropo unter einer Decke. Warum hatte er denn ausgerechnet gestern so überraschend gekündigt, so aus heiterem Himmel? Womöglich führte der schon seit langem etwas im Schilde?“

Die Vorwürfe stehen im Raum. Sollte Hollerbach tatsächlich ein doppeltes Spiel treiben? Auf Kosten von Gusti? Ihr kommen Zweifel, ob die Gummibärchen-Branche wirklich die richtige für sie ist. Hier ist ja wirklich der Bär los.

‚Das habe ich mir alles ganz anders vorgestellt, eher so wie im locker-fröhlichen Gusti-Song. Und jetzt? Die Wirklichkeit ist ja knallhart!'

Kristina macht sich auf dem Heimweg so ihre Gedanken. Da spielt ihr der Zufall einen Streich:

Sie sieht die Helmholtz vom Dropo-Werksgelände wegradeln. Dass es die Helmholtz sein muss, wird ihr erst klar, als sie zur Seite springt, um der rasanten Fahrradfahrerin Platz zu machen. Die Bewerberin damals beim Vorstellungsgespräch, die, von der sie beinahe umgeschmissen worden war, die sah genauso aus. Ja, das war die Helmholtz! Kein Zweifel. Und die arbeitet jetzt offensichtlich bei Dropo.

Kristina fühlt sich wie eine Figur in einem Krimi oder in einer dieser Vorabendserien, in denen es immer wieder zu den dümmsten Verwicklungen kommt. Dass es auch bei Gusti einmal so spannend werden würde, nein, das hätte sie sich nie träumen lassen.

Beim Italiener

‚Erdbeeren zum Nachtisch'. Während Fabio seine Werbetexte schreibt, denkt er daran, dass Kristina der Einladung, mal gemeinsam Erdbeeren zum Nachtisch zu essen, offenbar nicht abgeneigt war. Allein der Gedanke daran lässt seine Ideen schneller sprudeln. „Gusti on the rocks", ein Bärchen auf einem Eiswürfel, „Gusti mit Freundin", ein Bärchen mit einem kleinen Bären-Mädchen, „Gusti im Urlaub", ein Bärchen am Strand... Doch Fabio ist heute nicht mit sich zufrieden. Kaum sind die Einfälle aufs Papier geschrieben, landen sie auch schon im Abfall. Vielleicht lenken ihn die Erdbeeren doch nicht in die richtige Richtung.

‚Erdbeeren zum Nachtisch' denkt er, als er im Ristorante Romantica sitzt und auf Kristina wartet. Es war leichter als gedacht. Schon beim zweiten Anlauf hatte sie durchaus Lust, mit ihm zum „Italiener" zu gehen. Aber gleichzeitig hat sie ihn auch gewarnt. Das mit den Erdbeeren sollte er nicht zu wörtlich nehmen.

Aber er nahm es wörtlich. Roberto, der Chef und Inhaber des Lokals, war ein guter Bekannter, fast ein Freund. Nachdem ihm Roberto wieder die neuen und alten Probleme mit seiner Familie und den Leuten in der Küche und mit den geldgierigen Händlern vom Großmarkt erzählt hat, hörte er seinerseits ruhig zu, als Fabio ihm von seiner Nachtischidee erzählte. Erdbeeren in einem Glas mit ein wenig Sahne drüber und dazu weißer Rum.

„He, da wäre ich aber vorsichtig!" Roberto lachte laut, so laut, dass man meinte, das Lokal erbebte.

‚Das ist halt Roberto und weil er so ist, bin ich auch so gern hier', denkt Fabio und schaut auf die Uhr.

‚Jetzt könnte sie ja schon kommen. Ich gebe ihr noch fünf Minuten.'

Nach fünf Minuten gibt er ihr nochmal fünf Minuten und dann nochmal fünf Minuten.

Dann will er sie anrufen. Aber ihre Nummer hat er nicht dabei. Bisher hat er sie ja nie gebraucht. Er weiß auch gar nicht, wo sie wohnt. Er weiß im Grunde fast nichts von ihr. Das alles wird ihm jetzt bewusst, während er schon gar nicht mehr mitbekommt, ob er drei-, viermal oder sogar noch öfter die fünf Minuten verlängert hat.

Haben sie sich eventuell falsch verstanden? Hatten sie sich für acht Uhr statt für sieben Uhr verabredet?

Um viertel vor acht beschließt er, doch noch fünf Minuten zu warten. Wenn sie dann nicht kommt, dann war's das.

Um zehn Minuten nach acht trank er einen Campari und ging nach Hause.

Abwerbung?

Die Produktion der Gustibärs läuft auf vollen Hochtouren. Sven Hoffmann geht gern durch die Hallen und beobachtet, wie die Bärchen aus den Maschinen in die Körbe fallen. Einer nach dem andern. Gelbe, grüne, blaue, rote.

Alles kleine Persönlichkeiten, die von München in die ganze Welt ausschwärmen. Bevor sie ihre Reise antreten, müssen sie noch in die Verpackungen. Und dann erst einmal in die Regale des Handels.

Die Tatsache, dass eine Reihe von Regalen für die Gustibärs vielleicht schon bald nicht mehr zur Verfügung stehen, gefällt Sven überhaupt nicht. Es könnte ja sein, dass Hollerbach zum Wettbewerber, vielleicht sogar zu Dropo gegangen ist. Eigentlich ist es nahe liegend. Er empfindet Ärger und Wut, dass er vermutlich wegen Hollerbach Probleme mit seinen wichtigsten Abnehmern bekommt. Wenn dies so ist, muss er wirklich auf einiges gefasst sein. Denn Hollerbach kennt seine Vertriebsstrategie, die Konditionenpolitik und die Qualitätsargumente von Gusti detailliert.

‚Was, wenn Hollerbach noch auf andere Abnehmer einwirkt, um Gusti zu schaden?', fragt er sich.

Dabei hat er sich mit Hollerbach eigentlich immer gut vertragen und ihm immer wieder signalisiert, wie wichtig seine Aufgabe von ihm eingeschätzt wird. Hollerbach ist ein Profi. Er versteht viel von seinem Geschäft und war stets hundertprozentig engagiert.

Gut, manchmal hat er ihm zu verstehen gegeben, dass ohne ihn nichts läuft. Er kennt die Kunden, kann gut mit ihnen umgehen, ja hat zu vielen ein sehr persönliches Verhältnis. Sven hat von Anfang an fest auf ihn gebaut.

Er erinnert sich daran, dass Hollerbach manchmal die starre Preispolitik von Gusti kritisiert hat. Er könne viel mehr Abschlüsse tätigen, wenn die Geschäftsleitung preislich flexibler wäre. Richtig, Hollerbach hatte erst letzten Monat in der Vertriebsbesprechung darauf hingewiesen, dass sich nicht viel verändert hat, seit Sven die volle Verantwortung für Gusti übernommen hat. War das nicht schon eine versteckte Kritik an seiner Führung? Sven kann und will es nicht glauben.

'Es muss noch etwas anderes im Spiel sein. Ich werde es herausfinden.'

Sven kommt wieder zurück in sein Büro, will an Kristina vorbei zu seinem Schreibtisch gehen, als sie ihm ziemlich aufgeregt erzählt, dass die Helmholtz offensichtlich bei Dropo arbeitet. Sie hat sie dort aus dem Firmengelände radeln sehen.

„Das kann durchaus sein, Frau Bendix, aber das ist ja nicht weiter schlimm. Sie war ja nur kurz bei uns."

Kristina weiter: „Sie mögen Recht haben, Herr Hoffmann, aber Herr Albiniani hat mir gestern erzählt, dass er die Helmholtz mit Hollerbach in der Stadt gesehen hat. Sie kamen gemeinsam aus dem Café Luitpold."

In Svens Kopf klickt's. 'Sollte die Helmholtz hinter der Kündigung von Hollerbach stecken? Ist Hollerbach nun bei Dropo?'

Er erinnert sich wieder an die Bemerkung beim Abschied, er werde noch von ihr hören.

'Doch sowas sagt man schnell mal, wenn man wütend ist', denkt Sven, ist aber dennoch verunsichert.

'Es könnte ja sein, dass die Helmholtz das alles geschickt eingefädelt hat.'

Kristina Bendix spürt, was in Sven Hoffmann vorgeht. Sie sieht ihn an: Er wirkt so ordentlich, so, als ob ihn nichts aus der Ruhe bringen könne. Sein hellgrauer Anzug, sein weißes Hemd, seine rote Krawatte. Es sieht alles so perfekt aus. Dazu sein leicht gebräuntes Gesicht, seine locker gekämmten Haare. Lediglich in seinen Augen deutet ein leichtes Flackern darauf hin, dass er beunruhigt ist.

Kristina spürt, er will die Situation im Griff behalten, obwohl ihm jemand den Boden unter den Füßen weg zu ziehen droht. Sie weiß, dass er sich auch durch diese Nachrichten, diese Spekulationen, wenn sie sich zur Wahrheit verdichten, nicht daran hindern lässt, kühl zu reagieren und zu versuchen, das Richtige zu tun.

Sie ist in diesem Augenblick stolz auf ihren Chef. Er geht in sein Zimmer und setzt sich nachdenklich an seinen Schreibtisch. Die Tür hat er offen gelassen. Vielleicht ein Zeichen, dass er jetzt nicht allein sein möchte.

Sie hat richtig vermutet. Sven bittet sie zu sich, und beide überlegen, was getan werden kann.

„Mit diesen vagen Verdächtigungen können wir nicht leben“, sagt Sven Hoffmann, „wir müssen herausfinden, was wirklich geschehen ist. Sie könnten mir helfen. Versuchen Sie doch rauszukriegen, ob die Helmholtz oder der Hollerbach oder beide bei Dropo sind.“

Für Kristina eine leichte Aufgabe. Sie ruft unter einem anderen Namen bei Dropo an. Zuerst möchte sie Herrn Hollerbach sprechen. Die Dame in der Zentrale sagt ihr, dass Herr Hollerbach erst am Nachmittag im Büro sein wird. Dann fragt sie nach Frau Helmholtz. „Einen Augenblick bitte.“ Als sich eine Stimme mit ‚Helmholtz‘ meldet, legt Kristina auf.

„Beide sind bei Dropo, Herr Hoffmann.“ Es fällt ihr schwer, diese schlechte Nachricht zu übermitteln.

„Wissen Sie, Frau Bendix, es ist besser, seine Lage präzise einschätzen zu können. Dann kann man auch die richtigen Maßnahmen treffen.

Für den Rest des Tages versucht Kristina durch ihre Freundlichkeit eine angenehme Stimmung im Büro zu verbreiten.

Auch sie schließt nicht die Tür zu seinem Büro. Immer wieder findet sich ein Grund, Sven Hoffmann etwas zu bringen oder etwas von ihm zu holen. ‚So viel business as usual', denkt sie. Bald fällt es Sven Hoffmann wesentlich leichter, sich die Maßnahmen für die nächsten Tage zurechtzulegen. Er telefoniert mit Max.

Krimi im Büro

Seit langer Zeit treffen sich Kristina und Heike mal wieder in der neuen Kaffeebar. Sie wollten nicht zu Sikafredo, wo sie sonst hingehen, sondern mal den neuen Amerikaner Starbucks ausprobieren. Die Leute in dem Lokal sind etwas jünger als im Sikafredo. Aber das stört beide nicht. Die Typen im Sikafredo waren sich ohnehin alle zum Verwechseln ähnlich, gestylt wirkten sie nach Business, obwohl doch die meisten Studenten waren. Bei Starbucks war die Mischung etwas bunter, dort war's lässiger. Das gefällt Heike, während Kristina es eigentlich feiner mag.

„Na, wie hat dein Nachhilfekurs im Delegieren funktioniert?" Heike ist gespannt, was Kristina ihr berichten kann.

Die denkt jedoch nicht daran, sich jetzt mit theoretischen Führungsfragen zu beschäftigen. Dazu passiert bei Gusti zu viel. Sie ist mitten drin in einer Entwicklung, die für Gusti mehr als spannend, als existenziell bezeichnet werden muss.

Heike macht sich Sorgen. In ihrer Firma liefen zwar auch manchmal ‚krumme Dinger'. Aber so ‚Spitz auf Knopf' stand es eigentlich nie.

„Was war denn das für ein Mensch, dieser Hollerbach, der von einem Tag auf den anderen zur Konkurrenz rennt?"

Kristina, die ihn nur kurz kennen gelernt hat, will ihn beschreiben, doch das fällt ihr schwer. Ihr wird bewusst, dass sie ihn nie richtig angesehen hat.

Als Vertriebsmann kam er immer nur kurz in ihr Zimmer, wenn er eine Besprechung mit dem Chef hatte. Nur selten hat er sich mit ihr richtig unterhalten.

Bei Heike leuchten die roten Lampen auf: „Das kommt mir spanisch vor. Vertriebsleute sind doch in der Regel sehr gesprächig. Wenn der dich gemieden hat, war da schon was nicht in Ordnung. Offensichtlich hatte er doch Beziehungen zu der Helmholtz, deiner Vorgängerin. Da muss was gelaufen sein. Die haben sicher damals bereits für Dropo gearbeitet."

Heike hatte immer schon eine blühende Fantasie. Kristina ist dagegen eher realistisch und pragmatisch.

„Übrigens die Sache mit dem Delegieren hat gut funktioniert." Kristina will wieder zur Normalität zurück.

„Ich habe mit Hoffmann gesprochen. Er war überhaupt nicht eingeschnappt über meine Bemerkungen. Im Gegenteil. Er hat mir einen Vortrag übers Delegieren gehalten. Wir schwimmen auf einer Wellenlänge. Es wird sich doch einiges verändern. Wir haben bereits damit begonnen. Wenn diese blöde Helmholtz-Hollerbach-Geschichte nicht wäre, dann würde es sogar richtig Spaß machen."

Heike findet es richtig toll, was Kristina in ihrem Job erlebt. „Mensch, Tina, du brauchst gar nicht mehr ins Kino. Du hast deinen Krimi jeden Tag live im Büro."

Über die Erdbeergeschichte mit Fabio Albiniani hat Kristina ihrer Freundin an diesem Abend allerdings nichts erzählt.

Gegenmaßnahmen

Sven sitzt mit Max in dessen Büro. Max ist nicht nur sein Freund, er ist auch sein Berater.

Svens Vater war der Meinung, dass man mit Freunden und Verwandten keine Geschäfte machen soll. Daran musste Sven denken, als er zum ersten Mal Max wegen eines Gusti-Problems um Rat gefragt hatte.

Mit Max – da war er sich ganz sicher – kann und darf er eine Ausnahme machen. Schon in Studienzeiten hatte er mit ihm viel über Gusti gesprochen. Damals plagte ihn der Gedanke, wann und ob er überhaupt in die Firma seines Vaters eintreten sollte.

Max, der einige Semester über ihm war, riet ihm damals, sich erst mal in anderen Firmen und auch in anderen Ländern umzusehen. Doch das klappte wegen des Todes seines Vaters dann doch nicht mehr.

An der Uni war Max eine Ausnahmeerscheinung. Nicht nur in Übungen und Seminaren, auch in Vorlesungen im Audimax gehörte er immer zu den Wenigen, die Fragen beantworten konnten, bei denen die anderen Studenten ihr Nichtwissen durch verlegenes Schweigen oder verzweifeltes Blättern in ihren Unterlagen dokumentierten.

Doch noch wichtiger war, dass Max exzellent zu fragen verstand. Es gab immer etwas, was ihn zusätzlich interessierte, wo er Zusammenhänge erkannte, weitere Probleme sah und auch wichtige Hinweise geben konnte.

Genau dieser Max sollte ihm jetzt helfen. Sven glaubte an ihn und erzählte ihm die Geschichte von Helmholtz und Hollerbach.

„Ich soll ruiniert werden! Man versucht systematisch, Gusti das Wasser abzugraben!"

Sven drückt seine Verzweiflung ziemlich deutlich aus. Die Lage ist ernst. Was tun, wenn noch andere Kunden Schwierigkeiten machen? Wenn das alles erst der Anfang ist? Auch andere Abnehmer könnten wackeln und womöglich abgeworben werden. Das kann ganz schnell gehen. Das zeigt schon der Ablauf bei Saldi.

Max hört sich Svens Krisenszenario ruhig und gelassen an, bemerkt Svens wachsende Verunsicherung. Es scheint manchmal, als verlöre Sven den Boden unter den Füßen. Gerade hat er die Firma übernommen und nun steuert sie schon auf ihr Ende zu. Das darf doch nicht wahr sein!

Max ist sich zwar der Lage bewusst, lässt sich jedoch nicht vom Pessimismus seines Freundes anstecken.

„Es gibt immer einen Ausweg", sagt er zu Sven und weiter: „Jede Niederlage ist auch eine Chance. Man muss sie nur erkennen. Mein Job ist es, dir dabei zu helfen."

Sven schöpft Hoffnung. Er weiß, dass er auf den Einzelhandel als Vertriebsschiene angewiesen ist. Alle Anstrengungen, weitere Geschäftsfelder zu erschließen, nämlich die Gustibärchen auch direkt an Firmen zu verkaufen, die sie dann zu Werbezwecken einsetzen, sind zweitrangig. Hier hinein hat sein Vater viel zu viel Zeit investiert. Er selbst will noch mehr auf die Intensivierung des Handels setzen, was ihm durch die Umstände besonders schwer gemacht wird. Für diese Strategie war Hollerbach die Schlüsselperson. Und Dropo der Hauptkonkurrent.

Sven weiß, was zu tun ist, aber ist sich nicht sicher, ob es funktioniert und ob er überhaupt die Kraft hat, als junger Manager das alles durchzuziehen.

„Vielleicht sollte ich einfach den ganzen Laden verkaufen, vielleicht übersteigt das doch meine Fähigkeiten. Max, was meinst du?"

Max spürt aus dieser Überlegung, wie sehr Sven an sich und Gusti zweifelt. Doch er kennt seinen Freund ziemlich gut. Sven braucht ein Ziel, dann rennt er los. Er muss an etwas glauben, dann erreicht er es auch. In dieser Hinsicht bestärkt er seinen Freund.

„Ihr seid – auch wenn Hollerbach weg ist – eine tolle Mannschaft. Ihr habt ein gutes Produkt, das einen prächtigen Namen hat, eingeführt ist und bisher auch problemlos gelaufen ist. Da fällt man doch nicht gleich beim ersten Windstoß um. Sven, du musst das für dich entscheiden. Ich traue es dir jedenfalls zu. Und die Situation kriegen wir gemeinsam in den Griff."

Sven lächelt ihn freundlich an, spürt die Unterstützung, aber auch den Druck, der sich aus der Situation zwangsläufig ergibt.

Sven ist mit seinen Gedanken schon viel weiter. Er sieht eine neue Gusti-Welt, die voll ist von Gustibärchen und anderen süßen Wesen, die überall in den Regalen einen wunderbaren Platz haben. Von dort schwärmen sie aus zu den Kindern, den Erwachsenen, in die Schulen, die Büros, auf die Sportplätze.

„Jetzt ist wichtig", sagt Max, „dass du den Handel eroberst und, wo nötig, zurückeroberst. Da bist du ganz gefordert, und zwar persönlich."

Sven hört zu, weiß aber, dass er es allein kaum schaffen kann.

D Das Strategie-Projekt

Es genügt nicht, nur fleißig zu sein – das sind die Ameisen. Die Frage ist vielmehr: wofür sind wir fleißig?

Henry David Thoreau

Sitzungsvorbereitung

Am nächsten Tag sitzen Sven und Max im großen Besprechungsraum zusammen. Von links und rechts schauen Gustibärchen auf sie herunter. In der Ecke hängen Bilder von Gustav und Hanno Hoffmann.

„Zugegeben, hier sieht es nicht sehr nach Zukunft aus", witzelt Max. Sven findet das im Augenblick gar nicht lustig. Aber er weiß, dass ihn das altbackene Ambiente jetzt nicht davon abhalten darf, gute Gedanken zu fassen. Später kann man den Raum ja mal renovieren und etwas zeitgemäßer machen.

Beide haben sie die Soll- und Istzahlen des laufenden Jahres vor sich. Das erste Quartal ist gerade erst beendet. Die Planung fürs laufende Jahr ist sehr ambitioniert. Herr Mangold hat sie angefertigt.

Max möchte als erstes wissen, ob angesichts der augenblicklichen Lage die Planung in dieser Form aufrechterhalten werden kann. Sven ist sich nicht sicher.

„Also sollten wir mal die gesamte Führungsmannschaft an einen Tisch holen und uns mit allen darüber unterhalten, was wir jetzt tun können beziehungsweise tun müssen."

Sven ist nicht begeistert. Er will die Sache jetzt selbst in die Hand nehmen und auf Verkaufsreise gehen, damit er die entscheidenden Personen persönlich kennen lernt. Doch Max lässt nicht locker. Schließlich holen sie Kristina dazu und bitten sie, eine Sitzung vorzubereiten.

Als Kristina ins Besprechungszimmer kommt, weiß sie jedoch zunächst nicht, was auf sie zukommt. Aber eine Zusammenarbeit mit Sven und Max, darauf freut sie sich. Schließlich kann sie dabei vielleicht neben ihrer organisatorischen Arbeit auch betriebswirtschaftlich vorbereitend tätig werden.

Sven und Max legen die Tagesordnung fest. Kristina nimmt die Punkte auf. Dann wird beschlossen, die Herren sofort für den übernächsten Tag um zehn Uhr vormittags einzuladen. Sie sollte ihnen bereits telefonisch mitteilen, worum es geht und abfragen, mit welchen Unterlagen sie zur Besprechung kommen. Es geht um eine Bestandsaufnahme, bei der geklärt werden soll, was kurzfristig getan werden kann, um Gusti bei allen Kunden und den wichtigsten Produkten zu stabilisieren.

Kristina macht sich sofort an die Arbeit. Dabei fällt ihr ein, dass dies auch die beste Gelegenheit ist, die Zusammenarbeit zwischen den Abteilungsleitern und ihrem Chef in der Praxis ein wenig neu zu organisieren.

Es geht schneller als sie denkt. Die Herren sind sehr kooperativ. Bei dieser Gelegenheit entschuldigt sie sich bei Fabio für das geplatzte Abendessen. Doch der wollte davon schon gar nichts mehr wissen, schmiedete längst andere Pläne und mimte nicht den Enttäuschten, sondern blieb sachlich. Schon am nächsten Morgen hat sie die einzelnen Themen auf ihrem Tisch. Jeder möchte zunächst aus seiner Sicht darstellen, wo der Schuh drückt und dann erläutern, was seiner Meinung nach zu tun ist.

Unkompliziert informiert Kristina ihren Chef, dem diese neue Form der Gruppenarbeit besonders gut gefällt. Am Vorabend der Sitzung telefoniert er ein weiteres Mal mit Max, um zu klären, welche Rolle er bei dem Treffen spielen soll. Denn

Sven ist der Meinung, er solle unbedingt dabei sein. Wenn ein außenstehender Dritter mitwirkt, kann das seine Position stärken. Kristina überprüft am Vorabend nochmal, ob Overhead-Projektor und Beamer funktionieren, ob für das Flipchart genügend Papier vorhanden ist.

Sven hat sie gebeten, bei dieser Besprechung das Protokoll zu führen. Sie hat ihm die Planungszahlen in der Excel-Tabelle, mit der er die Umsatz-, Kosten- und Ergebnisplanung darstellt, so aufbereitet, dass er die Entwicklung anhand von Grafiken deutlich machen kann. Bei der Zusammenstellung ergaben sich noch Abstimmungserfordernisse, weil es eine Planungsvariante geben soll, die zeigt, was passiert, falls Saldi tatsächlich umsatzmäßig nicht mehr vertreten ist. Hier galt es noch Details mit Herrn Mangold abzuklären.

Vor der Besprechung, gleich am frühen Morgen, sitzen Sven und Kristina nochmal mit Max zusammen, der besonderen Wert darauf legt, das Ziel der Veranstaltung eindeutig festzulegen. Es geht letzten Endes darum, Maßnahmen zu erarbeiten, die möglichst in den nächsten Tagen und Wochen umgesetzt werden können. Zusätzlich zum Protokoll soll es deshalb einen Maßnahmenplan geben, der festhält, wer, bis wann was erledigen muss.

Jeder hatte anfangs gedacht, da sitzt man zusammen und redet über Dinge, die ohnehin bekannt sind, doch dann waren alle überrascht, wie bereits bei der Auswertung der Umsatzentwicklung sichtbar wurde, dass der Umsatz mit Saldi bereits seit zwei Jahren stetig rückläufig ist. Auch überraschte die Feststellung, dass es auch bei einem anderen Großkunden der Bidel GmbH vor zwei Monaten einen tiefen Einbruch gegeben hat. Alarmstufe Eins.

Max schaut zu Sven hinüber, der über diese Erkenntnisse alles andere als glücklich zu sein scheint. Als dann noch Produktionsengpässe als Gründe genannt werden, weshalb die Absatzsituation von Bidel sich so verschlechtert hat, wird Sven klar, er muss sich noch mehr um das Tagesgeschäft kümmern.

Dabei erinnert er sich an sein Vorhaben, mehr zu delegieren und sieht deshalb noch einige ungelöste Probleme vor sich.

Sven fällt auf, wie professionell sich die einzelnen Abteilungen präsentiert haben. Als Herr Albiniani erwähnt, dass freundlicherweise Frau Bendix mitgeholfen hat, die Präsentationen vorzubereiten und auch einzelne Tabellen in Grafiken umgearbeitet habe, nimmt Sven dies mit großer Zufriedenheit zur Kenntnis. Deshalb hat sie also gestern bis in die Nacht hinein noch an ihrem Computer gesessen! Am Abend wird er ihr dann noch sagen, wie gut ihm das gefallen hat.

Das Ergebnis der Planungssitzung selbst ist beachtlich: Eine ganze Reihe von Maßnahmen, die sich sofort umsetzen lassen, wurden formuliert. Es sind fast dreißig geworden: Um jeden Auftrag wird gekämpft, um Saldi und einige andere Großkunden wird sich Sven persönlich bemühen. Die Konditionen werden überprüft, Marktanteile dürfen nicht abgegeben werden. Darüber hinaus sollen zusätzliche Absatzkanäle, die nicht mit dem Einzelhandel zusammenhängen, gefunden und erschlossen werden. Unter anderem dachte man dabei auch an Firmen oder Institutionen.

Auch Max zeigt sich mit dem Ergebnis zufrieden. Der Anfang ist gemacht.

Hoffmann ist stolz auf die Ergebnisse und teilt mit:

„Damit möglichst bald Taten diesen Ansätzen folgen, wird Frau Bendix dem Protokoll diesen Maßnahmenplan beifügen und die Termine koordinieren. Frau Bendix ist somit die Ansprechpartnerin, die dann auch die Ergebnisse zusammenfasst. Wenn wir uns in zwei Wochen wieder zusammensetzen, können wir aus den Unterlagen von Frau Bendix ersehen, wo wir stehen und was wir erreicht haben.“

Die konstruktive Arbeit hat Sven dazu gebracht – er hat es nicht mit Max abgesprochen –, vorzuschlagen, möglichst bald eine Strategiesitzung einzuberufen, in der alle sich einmal Gedanken machen sollten, wo überhaupt die geschäftlichen Schwerpunkte von Gusti zu finden sind.

Die Resonanz auf diesen Vorschlag war einhellig positiv. Jetzt kommt endlich mal Ordnung und System in den Laden. Sven hat sich einen hervorragenden Einstieg verschafft. Max spürt es und freut sich, dass ein Prozess in Gang gekommen ist, der Gusti nach vorne bringen kann.

Die Abschlussworte von Sven, verbunden mit dem Dank für die Mitarbeit der Abteilungsleiter und für Max, wurden mit Applaus belohnt. Das hat es bei Gusti bisher noch nicht gegeben.

Sven geht an diesem Abend glücklich und zufrieden nach Hause.

Workshop

❍ Sitzungsvorbereitung (S. 225)

❍ Sitzungsnachbereitung (S. 226)

❍ Protokollführung (S. 227)

Selbstmord oder Mord?

Im ICE von Hamburg zurück nach München kommt Sven endlich mal wieder ein wenig zur Ruhe. Das Gespräch bei Saldi verlief positiv, viel positiver als gedacht. Der Einkaufsleiter war zunächst zwar sehr abweisend. Gummibärchen sind Gummibärchen und Gusti ist einer unter vielen Anbietern. Gut, Gusti ist kein unbedeutender Lieferant, aber außer dem Herrn Hollerbach, der ja jetzt bei Dropo ist, kannte man keinen bei Gusti. Mit Frau Steiner hätte er früher einmal telefoniert. Aber die ist ja auch nicht mehr da. Hanno Hoffmann, das war noch ein toller Unternehmer, aber, so der Einkaufsleiter „Ihr Herr Vater ist ja nun leider tot, mein Beileid“, und dann: „Ihr Herr Hollerbach hat sich zwar bemüht, aber irgendetwas Besonderes konnte er auch nicht anbieten.“

Sven Hoffmann hat eine Zeit lang überlegt, wie er seinen Gesprächspartner, der keinerlei Gefühle zeigte, zu einer menschlicheren Reaktion bringen könnte.

Nicht einmal die Tatsache, dass er als Chef jetzt die Betreuung übernähme, hat ihn besonders angesprochen. Es schien ihm, als fiele er in die Schublade Juniorchef und deshalb war es mit einer Wertschätzung auch nicht weit her.

Er, der mächtige Einkäufer verhandelt doch nicht mit einem jungen Anfänger. Er braucht einen richtigen Gegner.

Doch wenige Minuten später wendet sich das Blatt zu seinen Gunsten. Sven entdeckte das Bild eines Schäferhundes auf dem Schreibtisch von Herrn Beck, wie der Obereinkäufer hieß. Es stand dort, wo sonst die Bilder der Ehefrau, der Freundin oder der Familie stehen.

„Sind Sie Hundeliebhaber?"

Diese Frage war zwar nicht das Klügste, aber ihm fiel nichts Besseres ein.

„Nein, so können Sie es nicht sehen. Ich bin Hundezüchter."

Doch dann kramte Sven alles aus seinem Gedächtnis, was er über Schäferhunde wusste. Seine Eltern hatten solche Hunde, einige waren sogar von blauem Hundegeblüt. Arco von der Aue und Benno vom Bergschloss waren zwei Namen, die ihm noch geläufig waren.

Die Augen des Herrn Beck nahmen einen freundlicheren Ausdruck an.

Schließlich erzählten sie sich alles, was sie über Schäferhunde wissen und wie ein Schäferhund sah auch der Beck aus. Schwarze Haare, schwarze Augenbrauen, eine längliche Nase und scharfe Zähne hinter schmalen Lippen. Hund und Herrchen ähneln sich oft.

‚Oh je, die reinste Prostitution ist dieses Vertreterleben. Auf was habe ich mich da eingelassen', dachte Sven und versuchte wieder die Kurve zu den Gustibärchen zu kriegen. Doch der Chef-Einkäufer hatte ihn schon in sein Herz geschlossen. Die Unterhaltung ging dann noch eine Weile über die letzte Zuchtprüfung, das Springen über die Bretterwand, das Verbeißen in den Angreifer und nicht zuletzt darüber, dass es heute so komfortable Hundeanhänger gibt.

Dann aus heiterem Himmel: „Wir können durchaus noch einmal einen Versuch wagen. Den Werbekostenzuschuss müssen wir zwar um fünf Prozent erhöhen, und die Preise sollten für das nächste Jahr um drei Prozent runter. Dann würden wir sie aber weiter listen."

Sven hatte auf ein solches Angebot nicht mehr zu hoffen

gewagt. Und alles nur, weil er das Hundebild auf dem Schreibtisch entdeckt hatte.

Während Sven im Zug zwischen Lüneburg und Hannover über das unerwartete Erfolgserlebnis nachdenkt, klingelt sein Handy.

Es ist Michelle. Er kann sie kaum verstehen. Vielleicht ist es auf dem Gang besser, zudem möchte er nicht, dass die Leute im Abteil alles mitanhören.

„Bist du schon von der Bendix angerufen worden?"

„Nein, ich hatte mein Handy ausgeschaltet und die Besprechung hat länger gedauert. Dafür war ich sehr erfolgreich. Saldi bleibt als Kunde erhalten."

Er staunt, weil sich Michelle gar nicht zu freuen scheint. Dabei weiß sie doch, dass es um alles oder nichts ging. Trotz der Probleme, die sie in der letzten Zeit miteinander hatten, musste sie doch genauso gespannt sein wie er, wie es in Hamburg laufen wird. Doch offensichtlich wollte sie etwas ganz anderes.

„Weißt du was hier passiert ist?"

„Nein, was soll passiert sein?"

Und dann kam es unüberhörbar, trotz des Lärms auf dem Gang des ICE bei ihm an:

„Die Helmholtz ist tot."

Sven nimmt es zunächst sprachlos zur Kenntnis. Die Nachricht drang gar nicht bis in seine Gefühlswelt. Er dachte an Saldi, dann wieder an Michelle. Aber mit der Helmholtz wollte er sich nicht beschäftigen. Nicht tot und nicht lebendig.

Doch dann drang die Stimme von Michelle noch einmal an sein Ohr: „Die Helmholtz ist wahrscheinlich ermordet worden."

Jetzt ist Sven hellwach, reagiert schnell: „Das kann nicht sein. Wer sollte denn was gegen die Helmholtz haben? Die hat sich doch sicher selbst umgebracht.“

Dabei kam ihm Marilyn Monroe in den Sinn. Frauen, die so extrovertiert erscheinen, sind oft sehr sensibel, empfindlich, haben schwache Nerven.

„Ja, vielleicht“, antwortet Michelle. Dann sprechen sie noch ein wenig über die Verhandlungen bei Saldi. Doch beide können sich nicht mehr so recht freuen.

„Ich hole dich vom Bahnhof ab, mach’s gut“, ruft Michelle und legt auf.

Wenig später meldet sich Kristina Bendix. Wieder steht Sven im Gang, das Handy ans Ohr gepresst.

„Leider habe ich Sie nicht erreichen können. Ich wollte Ihnen auch nicht auf die Mailbox sprechen, sondern es Ihnen persönlich sagen. Es ist keine gute Nachricht.“ Noch bevor sie weiterreden kann, sagt Sven:

„Ich weiß schon, Michelle hat mich gerade angerufen. Die Helmholtz ist tot. Wissen Sie Näheres?“

„Nicht viel. Nur heute Morgen hatte ich einen Anruf von der Polizei, die Sie sprechen wollte, weil Ihre ehemalige Sekretärin tot in ihrer Wohnung aufgefunden worden war. Ich habe denen berichtet, dass Sie erst heute Abend wieder in München sind. Ich nehme an, die werden sich sofort melden.“

„Warum wenden die sich nicht an Dropo? Dort arbeitet sie doch. Das hat doch mit uns nichts zu tun. Eigenartig.“

Kristina: „Ich weiß es nicht, aber morgen dürfte es in der Zeitung stehen.“

Sven Hoffmann ist nicht gerade glücklich. Dabei hatte er es sich so schön vorgestellt. Nach dem erfolgreichen Gespräch ein wenig zurücklehnen, nachher einen kleinen Imbiss im Restaurant und dazu einen kleinen Schluck Deutsche-Bahn-Merlot. Das ist zwar kein Hochgenuss, tut aber gut. Und jetzt tut gar nichts mehr gut.

Es gelingt ihm nur schwer, ein wenig zu schlafen. Immer wieder muss er an die Helmholtz denken. Er hat gar nicht gefragt, wo sie aufgefunden wurde, wie der Mord oder Selbstmord geschah. Er wusste nur, er war nicht in den Mord verwickelt. Dabei war es durchaus denkbar, dass der Tod der Helmholtz trotzdem mit Gusti zusammenhängen könnte. Was dann? Aber er wird es erfahren, so oder so. Die Sache würde sich bald aufklären.

Gerüchte

Nein, sein sehnlichster Wunsch, die ganze Sache möge sich bis zu seiner Ankunft in München bereits aufgelöst haben, ging nicht in Erfüllung. Michelle hat ihn abgeholt und beide sind noch in die Firma gefahren. Das Büro von Frau Bendix war natürlich nicht mehr besetzt. Schließlich war es schon nach acht Uhr. Auf seinem Schreibtisch lag ein Zettel.

Herr Hoffmann:
Die Polizei meldet sich morgen früh gegen 10 Uhr bei Ihnen.
Viele Grüße
Kristina Bendix

Sven schläft diese Nacht nicht gut. Er hatte sich noch spät am Abend die Zeitungen für den nächsten Tag am Bahnhof geholt.

Es stand nicht mehr drin als er ohnehin wusste. Zum Glück kein Wort über Gusti. Auch Dropo war nicht namentlich erwähnt.

Schließlich wurde sie ja zuhause und nicht in der Firma tot aufgefunden.

Bei Gusti verbreitete sich dieses Ereignis wie ein Lauffeuer. Auch diejenigen, die Frau Helmholtz nicht persönlich gekannt hatten, wussten doch, dass sie vor recht kurzer Zeit noch hier beschäftigt war. Da ist man dann schon auch persönlich berührt.

Sven bekommt nur zum Teil mit, welche Geschichten erfunden und als Gerüchte im Betrieb die Runde machen. Kristina hört das eine und das andere und erzählt es ihrem Chef:

Die Helmholtz hätte es auch bei Dropo nicht geschafft und wäre so verzweifelt gewesen, dass sie sich umgebracht habe. Oder die ehemalige Sekretärin hätte geheime Unterlagen von Gusti mitgenommen, weitergegeben und das wäre dann aufgeflogen, was sie zu der Tat getrieben hätte, oder die Helmholtz wurde von Herrn Hollerbach, der jetzt auch bei Dropo ist, erpresst und sie sah keinen anderen Ausweg mehr, als sich umzubringen.

Die meisten dachten, dass sie sich selbst das Leben genommen haben musste. Nur wenige mutmaßten, sie sei ermordet worden. Doch auch dazu wurden mögliche Gründe gefunden: Sie hätte ein sehr ausschweifendes Privatleben gehabt, war oft zu hören. Andere sagten ihr Kontakte zu einer Organisation nach, die hinter den Rezepten der Gustibärchen her waren. Vieles klang dubios, war alles andere als schlüssig.

Sven staunt, bleibt jedoch ziemlich gelassen. Solange seine Firma nicht mithineingezogen wird, berührt ihn das Geschwätz wenig. Persönlich hat er ja nichts damit zu tun. Auch wenn er ihr gekündigt hatte.

Allerdings ist ihm heute Nacht für einen Moment durch den Kopf geschossen, dass vielleicht Albiniani etwas wissen könnte. Ist er vielleicht sogar in diesen Fall verwickelt? Nicht direkt, vielleicht indirekt? Wenn es ein Krimi wäre, könnte man sich ja vieles vorstellen. Aber zum Glück sind wir im richtigen Leben.

Sven Hoffmann möchte sich dennoch mit Albiniani unterhalten, bevor die Polizei eintrifft. Er ruft ihn an und wenig später sitzen sie sich in seinem Büro gegenüber. Es geht gleich zur Sache.

„Ich weiß, dass Sie Frau Helmholtz sehr gut kannten. Haben Sie eine Vorstellung, was da passiert sein könnte?“

Albiniani schaut ihn eher verzweifelt denn souverän an. Er ist sprachlos, findet erst nach einiger Zeit ein paar magere Worte.

„Ich weiß nicht, was da gelaufen ist.“

Fabio Albiniani ist ein ideenreicher, fröhlicher Zeitgenosse, der gern leicht und locker lebt, dennoch kreativ und effektiv arbeitet und alles für Gusti tut. Sein größter, vielleicht einziger Fehler ist, dass er die Frauen liebt... und wie. Doch verwickelt in einen so unglücklichen Vorgang könnte er doch nur sein, wenn es zwischen der Helmholtz und ihm eine ernsthafte Beziehung gewesen wäre. Und daran will Sven Hoffmann nicht so recht glauben. Das passt nicht ins Bild, das kann er sich nicht vorstellen.

Dennoch konfrontiert er ihn mit dem Verdacht, die Helmholtz hätte sich selbst etwas angetan haben können. Aber Albiniani reagiert wie zu erwarten war:

„Die Helmholtz war doch ein so quicklebendiger, lebensfroher Mensch. Die war viel zu gut drauf, als dass die ... – Nein, das kann ich nicht glauben. Da war irgendetwas anderes im Spiel gewesen."

‚Ja, gut drauf war die Helmholtz schon', denkt sich Sven. Aber was Albiniani da sagt, beruhigt ihn trotzdem nicht. Der Verdacht ist nicht vom Tisch:

„Was soll denn im Spiel gewesen sein? Vermuten Sie einen Unfall, oder gar einen Mord?"

Sven ist auf Albinianis Theorie gespannt.

„Ich weiß nur, dass sich die Helmholtz nicht umgebracht hat. Schon gar nicht mit einem Haarfön. Frauen wie die Helmholtz fönen sich die Haare nicht, schon gar nicht im Sommer. Ich nehme an, die hatte gar keinen Fön."

„Interessante Theorie, die sie da aufstellen, Albiniani. Wie kommen Sie denn drauf? Kannten Sie die Helmholtz wirklich auch privat so gut?"

„Wir waren ein, zwei Mal miteinander weg, nur so, und da hat sie mir erzählt, dass sie keine echte Blondine sei und ihr Haar nur an der Luft trocknen würde. Sonst würde es zu sehr strapaziert."

„Ich wusste gar nicht, dass Sie sich so intensiv mit dem Privatleben von wichtigen Mitarbeiterinnen beschäftigen."

Sven hat sich den Kommentar wohl überlegt und testet damit Albinianis Reaktion.

Der wirkt irgendwie verlegen und damit wird ihm noch einmal und endgültig klar: Der Albiniani hat mit der Sache nichts zu tun.

Doch dann weiß sein Marketingleiter doch noch was Interessantes zu berichten. Erst neulich hätte er die Helmholtz zufällig in der Stadt getroffen. Bei dieser Gelegenheit hätte sie ihm erzählt, dass sie jetzt bei Dropo arbeite und ihr der Job dort äußerst gut gefalle.

Dass Becker sie angeblich mit Handkuss genommen hätte, hat sie auch zum Besten gegeben, aber das verschweigt er lieber.

Stattdessen: „Die war mächtig stolz darauf, nun bei Dropo zu arbeiten."

„Hat sie Ihnen gesagt, was sie dort für einen Job hat?", hakt Sven nach und registriert jede noch so kleine Regung im Mienenspiel Albinianis, der ganz schnell antwortet: „Nein, weiß ich nicht."

Dann erzählt Fabio Albiniani weiter: Die bei Dropo hätten so ein neues, verdammt raffiniertes Rezept. Eine völlig neue Geschmacksrichtung sei das, hätte die Helmholtz noch ein wenig angegeben. Doch leider kam er nicht dazu sofort nachzufragen. Aber immerhin: Bei Dropo mache man sich schon etwas Gedanken darüber, was der junge Hoffmann alles vorhaben könnte. „Sven Hoffmann könnte mit neuen Ideen Dropo durchaus gefährlich werden. Und dem müsse man rechtzeitig vorbauen", gab Albiniani seinem Chef zu verstehen.

Sven lächelt selbstbewusst. Er zweifelt nicht an Albinianis Bericht. Auch die Reserviertheit, mit der dieser über die Helmholtz spricht, klingt glaubwürdig. Er hat nicht den Eindruck, dass ihm die Helmholtz erzählt hat, dass er von ihrem Verhältnis weiß.

‚Das ist gut für unsere weitere Zusammenarbeit', denkt Sven.

Die Helmholtz hatte sich offenbar schnell anderweitig orientiert. Verständlich, dass Albiniani ihr daher nicht nachweint. Zum Glück, denn Albiniani ist für ihn ein sehr wichtiger Mitarbeiter. Dass die bei der Dropo AG ein wenig kalte Füße bekämen, darüber kann er sich nur freuen. Das kann ihm nur recht sein. Und ein neues Konzept, mit dem Gusti Dropo angreifen wird, wird es sowieso bald geben. Da werden die noch staunen. Wahrscheinlich bluffte die Helmholtz doch nur mit diesem angeblichen Rezept und der völlig neuen Idee. Dropo hat bis jetzt – soweit er sich zurückerinnern kann – noch nie was wirklich Originelles auf den Markt gebracht. Die kupfern doch immer nur bei anderen ab.

Dann tauchen die Kriminalbeamten auf. Herren in lässiger Freizeitkleidung. Sven beendet das Gespräch mit Albiniani. Frau Bendix führt die beiden Herren in sein Büro.

Schnell erfahren sie von ihm alles, was die Helmholtz und Gusti betrifft. Es interessiert, warum Chantal Helmholtz nur so kurz bei Gusti war. Die Sache mit Albiniani erzählt er nicht, bewusst nicht. Dafür aber die Tatsache, dass sie für ihn nicht korrekt genug gearbeitet hätte. Ein wichtiges Projekt, das geplante Bauvorhaben, sei deswegen gefährdet.

Das müsste reichen.

Ob er wüsste, warum sich Chantal Helmholtz das Leben genommen hätte, ob sie zu Resignation neigte. Er verneint. Nein, sie sei ein sehr fröhlicher, lebenslustiger Mensch gewesen, so wie er sie kennen gelernt hat. Aber man weiß ja nie.

Ob sie Feinde hätte und wie er zu ihr stehe? Sven sagt, für ihn wäre die Einstellung und die Kündigung ein normaler geschäftlicher Vorgang gewesen. Eine Vertrauensperson müsse auch das Vertrauen rechtfertigen. Das wäre so aber nicht gegeben gewesen. Im Übrigen wäre er zu der Zeit, zu der das Unglück – ja, er sagte Unglück – geschah in Hamburg gewesen.

So, das Alibi wäre damit auch geklärt. Die Herren waren offensichtlich zufrieden, verabschiedeten sich und damit war alles erledigt. Jedenfalls für den Augenblick. Das genügt. Mit anderen aus der Firma wollen die Herren nicht mehr sprechen.

Sie fragen nur noch beim Hinausgehen, ob es bei Gusti einen Herrn Petersen gäbe, was Sven Hoffmann bejaht.

Nachdem die Kripo gegangen ist, kommen ihm allerdings Zweifel, ob die in den Bergen geplante Strategiesitzung tatsächlich stattfinden sollte, jetzt, wo doch so viel Durcheinander herrscht. Doch Hoffmann will sich nicht von seinem Weg abbringen lassen.

Erdbeeren mit dem Chef

Kurz vor Mittag sitzt Kristina am PC, um noch einige E-Mails für ihren Chef zu verschicken. Vorher hatte sie den Schreibtisch von Sven Hoffmann regelrecht inspiziert. Sein Zu-Erledigen-Stoß war ungewöhnlich klein. Sie ist ein bisschen stolz, dass ihr Gespräch über das Delegieren sich so positiv ausgewirkt hat. Tatsächlich hatten sie heute Morgen eine kleine Postbesprechung und Sven Hoffmann hat ihr einen Vorgang nach dem anderen gegeben und sie gebeten, die Angelegenheiten an die jeweiligen Abteilungsleiter weiterzuleiten.

Herr Hoffmann kommt aus der Bärchen-Fertigung. Auf dem Weg in sein Büro bleibt er kurz bei ihr stehen.

„Ist das Mail an Herrn Melcher von Bidel schon raus? Der Termin muss unbedingt klappen.“ Hoffmann möchte nächste Woche nach Frankfurt fahren und hofft auch bei Bidel die

Weichen neu zu stellen.

Plötzlich strahlt er Kristina an, die zunächst gar nicht weiß, was hierfür der Grund ist.

„Was halten Sie davon, wenn wir uns mittags mit Erdbeeren verwöhnen? Ich habe gesehen, dass vor unserem Gebäude der Obsthändler heute traumhafte Erdbeeren anbietet."

Kristina weiß nicht so recht, was sie denken soll. ‚Schon wieder kommt einer mit Erdbeeren. Das ist doch ein wenig eigenartig. Aber die Idee ist trotzdem gut.'

Sie liebt Erdbeeren und im Frühsommer Erdbeeren zu essen, das hat was.

„Das ist eine großartige Idee. Soll ich uns welche heraufholen?", fragt sie, um diesmal selbst aktiv zu werden.

Sven freut sich: „Einverstanden. Aber ich lade Sie zu den Erdbeeren ein." Er gibt ihr einen Fünf-Euroschein.

Wenig später kommt Kristina mit den Erdbeeren in sein Büro, stellt die Schale, in denen vor einigen Tagen noch Albiniani ihr die ersten Früchte serviert hatte, auf seinen großen Schreibtisch. Sven Hoffmann erzählt ihr, dass sein Vater dieses Geschirr bei der Königlichen Porzellan-Manufaktur, bei KPM in Berlin gekauft hat. Auch er findet es sehr schön, schließlich sei es traditionsreich und dabei einfach ansprechend, eben nicht so überladen mit Blümchendekor und dergleichen. „Mit den roten Erdbeeren kommt es jedenfalls besonders zur Geltung", schließt er seinen Exkurs, nimmt die Schale und geht damit in ihr Büro.

‚Erdbeeren, schon wieder Erdbeeren im Büro. Das verfolgt mich hier regelrecht', denkt dagegen Kristina und folgt ihm nach draußen.

Erdbeeren mit dem Chef

„Diese Erdbeeren sind für Sie." Sven Hoffmann stellt die Erdbeeren auf ihren Schreibtisch, lächelt seine Assistentin an und scherzt ein wenig: „Das ist ein sehr gesundes Mittagessen, gesünder als Currywürste mit oder auch ohne Pommes."

Kristina wollte eben ohnehin eine Mittagspause einlegen und beschließt, sich heute an Erdbeeren satt zu essen. Ein Obsttag mit herrlichen Beeren, das tut auch ihrer Figur mal ganz gut.

Doch ehe sie überhaupt eine der Erdbeeren in den Mund geschoben hat, nimmt sich Herr Hoffmann die ersten heraus und verschwindet in sein Zimmer.

„Sie können ruhig mehr nehmen, Herr Hoffmann", ruft ihm Kristina noch freundlich hinterher. Doch das war vielleicht ein Fehler. Denn Sven Hoffmann kommt alle zwei, drei Minuten wieder und schnappt sich eine Beere, um sie genüsslich zu verspeisen.

So hatte sie sich das Erdbeeressen dann doch nicht vorgestellt.

Aber Hoffmann ist guter Laune, gibt sich unbekümmert: „Herrlich erfrischend sind die Beeren. Wirklich, Frau Bendix, Sie machen nicht nur süchtig, sie verführen geradezu zu einer gesunden Lebensweise. Nicht oft kommen Gesundheit und Genuss zusammen."

Sven setzt sich auf ihren Schreibtisch.

‚Das kenne ich doch schon', Erinnerungen an das Erdbeer-Tête-à-Tête mit Albiniani werden in ihr wach. Aber sie lässt sich nichts anmerken, bleibt gelassen. ‚Mal sehen, wie es heute weiter geht.'

Während Sven Hoffmann unablässig in die Schale greift und eine Erdbeere nach der anderen in seinem Mund verschwinden lässt, erzählt er nebenbei, wie es bereits erhebliche Fortschritte bei der Arbeitsorganisation gibt. Dank ihrer Hilfe fühle er sich bereits wesentlich entlastet. Auch die Zusammenarbeit mit den Abteilungsleitern sei viel effizienter geworden.

„Unser Gespräch von damals hat Früchte getragen", so Hoffmann. Und schon wieder ist eines der Früchtchen in seine Richtung unterwegs.

Kristina schaut ruhig zu, staunt dabei nicht schlecht, wie schnell sich die Schüssel schon gut zur Hälfte zu leeren beginnt:

‚Der geht ganz schön ran. Aber es sind ja genug da.'

Sie möchte nicht zu kurz kommen und nimmt den Ess-Wettbewerb mit ihrem Chef auf. Als sie sich mal mit den Händen in die Quere kommen, spürt sie, wie das Sven Hoffmann peinlich ist.

‚Na ja, schon gut, dass es jetzt nicht ähnlich abläuft wie mit Albiniani. Aber Erdbeeren sind offensichtlich ganz schön gefährliche Früchtchen.'

Kristina sieht darüber hinweg: „Erdbeeren schmecken einfach gut, da kann ich nicht widerstehen."

„Stimmt, ich kann auch nicht dagegen an", sagt Sven. Und prompt schnappt er sich die vorletzte Erdbeere, lässt sie besonders genüsslich auf seiner Zunge zergehen.

„Man kann kaum damit aufhören, wenn man mal damit angefangen hat. Genau so ging es mir vor meiner Zeit bei Gusti mit den Gustibärchen", erzählt sie schnell und wird fast ein wenig rot dabei. „Die sind ähnlich mundgerecht und haben ein so vollrundes Aroma", fügt sie rasch hinzu.

Dann denkt sie nach. Ganz langsam reift in ihr eine umwerfende Idee:

„Eigentlich könnte man doch eine Erdbeere aus Fruchtgummimasse kreieren, eine mit einem unverwechselbar satten Erdbeeraroma, das an Frühsommer erinnert:

Gustiberry, die sommerliche Gute-Laune-Naschidee von Gusti!"

Mit der Hand umschreibt sie den Spruch in einem großen Bogen.

„Die Konsistenz müsste natürlich der einer echten Erdbeere täuschend ähnlich sein. Ein Fruchtgummi, der aussieht wie eine Erdbeere und auch wirklich schmeckt wie eine Erdbeere. Genau so wie diese!" Kristina hält die letzte noch vorhandene vollreife Frucht an ihrem grünen Strang und dreht ihn sanft zwischen ihren Fingerspitzen der rechten Hand.

„Gerade das echte Aroma ist wahnsinnig wichtig. Die bislang verwendeten Aromen schmecken doch irgendwie genau nach dem, was sie eigentlich sind: künstlich! Und wissen Sie, warum diese Erdbeere so besonders gut schmeckt?"

„Nein, Frau Bendix, aber Sie werden es mir sicher verraten." Sven hält sich zurück. Diese Bendix gefällt ihm. Ihre Ausstrahlung, ihre Art zu reden und nicht zuletzt diese Idee mit den Erdbeeren.

„Diese Erdbeere ist eine Öko-Beere", fährt sie fort. „Darum hat die auch nicht so einen wässerigen Geschmack, sondern dieses feine erdige Aroma und dazu noch den kräftigen Biss." Kristina ist zufrieden mit sich.

Das war ein Volltreffer.

Hoffmann ist begeistert. Erdbeeren im Büro, das könnte sogar eine neue Produktidee für Gusti sein.

Und diese Idee mit der Erdbeere, die passt wunderbar in das Konzept, dass er sich mit Albiniani ausgedacht hat. Auf der Strategiesitzung werden sie diesen Einfall verfeinern.

Und da sie gerade beim Thema sind, besprechen sie nochmals gemeinsam die anstehende Strategiesitzung am kommenden Wochenende.

„Ging alles klar mit der Bestellung der Zimmer, Frau Bendix?"

„Aber ja doch, Sie haben ein Zimmer mit Seeblick am Ende des Ganges im vierten Stock, dort ist es auch besonders ruhig. Die anderen Zimmer gehen nach Osten und liegen im dritten Stock. Der Tagungsraum steht uns mit allen Geräten rund um die Uhr zur Verfügung und im Speisesaal haben wir auch einen separaten Bereich, sodass wir weitgehend ungestört sein werden."

Sie fährt fort: „Wir wollten um 10 Uhr beginnen und deshalb gegen 9 Uhr dort eintreffen. Ich habe vorgeschlagen, dass wir mit möglichst wenig Autos fahren. Drei müssten genügen. Die Damen und Herren können sich in eine Liste eintragen, die ich ins Netz gestellt habe."

Während Kristina berichtet, fühlt sich Sven bestätigt: Die Bendix ist ganz schön auf Zack. Die managt das ganz prima, ideenreich, umsichtig und selbstständig.

„Mit Herrn Brunner bin ich die Tagesplanung durchgegangen, Herr Hoffmann", ergänzt Kristina. „Sie müssen also nur noch Ihr O.K. geben, dann können wir die auch noch verteilen. Herr Brunner wird ja die Tagung moderieren."

Sie faltet ihr Skript auseinander und legt los:

„Also zunächst steht nach den kurzen Berichten der Abteilungsleiter gegen 11 Uhr ein Brainstorming auf dem Programm. Das sollte bis zum Mittagessen dauern. Anschließend werden aus den Ideen des Brainstormings heraus Alternativ-Konzepte erarbeitet. Gegen 16 Uhr könnte das zu Ende sein. Ab 17 Uhr bis zum Abendessen können wir dann mit dem örtlichen Raftingverein noch ein kleine Wildwasserfahrt unternehmen."

„Hoppla“, Sven ist überrascht, „von Rafting wusste ich bis jetzt ja noch gar nichts.“

„Stimmt“, Kristina beruhigt ihn, „das hat sich Herr Brunner ausgedacht. Das schweißt die Teams zusammen und wäre ihm sehr wichtig.“

Sven Hoffmann überlegt noch kurz, wie gefährlich das sein könnte, vertraut jedoch Max Brunner, der mit solchen Veranstaltungen viel Erfahrung hat.

Kristina Bendix weiter: „Erst am nächsten Tag steht dann das neue Konzept zur Diskussion. Hierfür haben wir Zeit bis nachmittags. Vermutlich kann mit einem späten Mittagessen, so ab 13 Uhr die Veranstaltung zu Ende sein, wenn alles klappt.“

„Klingt gut, so machen wir's!“, ist der knappe Kommentar von Hoffmann, so als würde er wieder den Geschmack der Erdbeeren loben.

Seine Assistentin sieht ihn fragend an, nach dem Motto „War's das schon?“

Und Sven legt nach, macht ihr die Freude und gibt noch ein wenig Feedback:

„Übrigens eine tolle Idee, das mit dem Rafting. Wenn das nur nicht zu gefährlich wird. Auf jeden Fall sollten wir das für uns behalten und damit die Leute überraschen.“

„Na klar, ich habe denen nur gesagt, sie sollen wetterfeste Kleidung mitnehmen. Die Ausrüstung stellt der Raftingverein. Und die sagen auch, es besteht keine Gefahr. Die hätten damit Routine, hätten das alles absolut im Griff.“

Für eine ganze Weile hatte Sven diese Helmholtz-Geschichte vergessen, stand Gusti im Mittelpunkt und er konnte sogar wieder lachen.

Er freut sich auf eine spannende Strategiesitzung am Wochenende im Gebirge. Und es sollte tatsächlich spannend werden – nicht nur im Wildbach.

Workshop

o Veranstaltungen müssen gut vorbereitet werden. (S. 230)

Workaholic

‚Warum habe ich bloß der Heike die Sache mit Fabio Albiniani doch noch erzählt?'

Kristina Bendix könnte sich ohrfeigen.

‚Ich weiß doch, dass deren Fantasie oft mit ihr durchgeht. So klug sie sonst ist, aber von solchen Geschichten kann die gar nicht genug kriegen. Was der jetzt wieder alles im Kopf herumspukt.'

Sie hat Heike am Telefon. Sven Hoffmann wartet auf die Zusammenstellung der Einkaufspreise für die Zulieferungen im nächsten Monat. Er möchte Preisvergleiche durchführen. Kristina hat ihm die Daten besorgt. Es geht jetzt nur noch um eine gute Aufbereitung. Das macht Kristina besonders gern.

Doch Heike lässt nicht locker, äußert am Telefon ihren Verdacht, dass zwischen Albiniani und ihr doch was läuft und fragt immer wieder nach.

Kristina langweilt dies, ja sie ist regelrecht verärgert. Natürlich ist das ein netter Typ. Er ist jung, dynamisch, kreativ, sensibel. Perfekt. Aber leider halt ein wenig zu aufdringlich. Das macht alles wieder kaputt. Natürlich könnte sie sich manches vorstellen. Aber in der Arbeit? Mit einem Kollegen? Nein, wirklich nicht.

Zu Heike sagt sie nur kurz: „Bitte hör jetzt auf. Ich bin hier voll im Stress. Basta."

Heike ist baff. So ist sie von Kristina noch nicht abgefertigt worden: „Was ist denn mit dir los, Kristina? Du arbeitest ja nur noch. Wir können ohnehin nur noch telefonieren, machen gar nichts mehr gemeinsam. So kann das nicht bleiben. Ich habe das Gefühl, du mutest dir ein bisschen viel zu. Bevor dir die Arbeit über den Kopf wächst, sollten wir uns darüber mal unterhalten."

‚Vielleicht hat Heike ja Recht. Aber es macht mir halt Spaß', denkt sich Kristina, während ihre Freundin nicht aufhört, auf sie einzureden:

„Du musst lernen, Grenzen zu setzen, und zwar nicht erst, wenn dir die Arbeit über den Kopf wächst. Dann ist es meist schon zu spät, denn wenn du dich für zu vieles gleichzeitig verantwortlich fühlst, passieren unwillkürlich Fehler. Und damit kann der Sache schließlich auch nicht gedient sein."

Heike meint es gut mit Kristina, aber die will dieses Thema jetzt nicht vertiefen. Keinesfalls hat sie das Gefühl, dass sie überfordert ist, im Gegenteil. Aber es ist halt viel Arbeit da und sie arbeitet eins nach dem andern ab. Sie will ihren Job ordentlich machen und jetzt möchte sie einfach nur die Tabelle und die Auswertung fertig kriegen.

„Wir waren schon lange nicht mehr zusammen weg. Es wäre doch mal wieder Zeit." Heike gibt einfach nicht auf.

‚Natürlich', denkt Kristina, ‚ein wenig mehr Privatleben wäre schon schön. Das kommt gerade wirklich ein wenig zu kurz.'

Und so verabreden sie sich dann doch noch für den Abend im Biergarten. Dafür kann Kristina endlich das Gespräch beenden und die Tabelle und die Auswertung fertig machen. Den Ausdruck legt sie Hoffmann mit einem kleinen Kommentar auf den Schreibtisch, bevor sie sich auch schon auf den Weg in den Biergarten machen muss.

„Du denkst zurzeit wirklich nur an die Arbeit“, ist das erste, was Heike zu Kristina sagt, kaum, dass sie ihre Halbe Dunkles vor sich stehen haben. Beide lieben das dunkle bayerische Bier mit seinem leichten Malzgeschmack.

„So kann das doch nicht weitergehen. Es gibt so viel Schönes auf der Welt“, fährt Heike fort und stellt die Frage der Fragen: „Bist du eigentlich noch immer solo?“

Heike weiß, wie gern Kristina mit Freunden zusammen ist und wie sehr sie einen Partner braucht. Mit Thomas, das war nur eine sehr kurze Episode. Aber davor mit Kurt, das dauerte immerhin mehr als zwei Jahre und ist nur deshalb zu Ende gegangen, weil er sich ja unbedingt von einer Schwarzhaarigen hat erobern lassen müssen. Von heute auf morgen. Daran hat Kristina ganz schön zu knabbern gehabt. Aber vorbei ist vorbei.

Jetzt muss sich daran etwas ändern. Heike wird dafür sorgen.

Kristina ahnt, was Heike im Schilde führt. Sie hat nichts dagegen, sich von ihr ein wenig bemuttern zu lassen, wenn es in ihre Richtung geht. Allerdings nur dann. Und dann lässt sie sich auch ganz gern ein wenig anschubsen.

Doch diese Nachfragerei, was denn mit Fabio Albiniani sei, mag sie gar nicht. Sie bereut es zutiefst, ihr von dem Erdbeer-Meeting mit Fabio erzählt zu haben.

Am liebsten erzählt Kristina von ihrer Arbeit bei Gusti.

„Hoffmann ist ganz große Klasse. Bei all dem Stress, den wir in der Firma haben, bleibt er stets cool. Klar, dass er manchmal down ist, bei dem, was da alles so passiert, wenn die Kripo aufkreuzt und die halbe Firma auseinander nimmt. Als hätten wir was mit der Sache zu tun. Lächerlich! Und dass er jetzt die Strategiesitzung im Gebirge durchzieht, das ist schon toll. Ich kann mit von der Partie sein. Es wird eine perfekte Veranstaltung werden, da bin ich mir sicher."

Von der Sache mit der Kripo hat Heike noch gar nichts gewusst, aber Kristina verspürt keine große Lust, jetzt alles zu erzählen. Sie spielt es herunter und sagt nur: „Meine Vorgängerin, die nur kurz bei Gusti war, ging zur Konkurrenz und ist letzte Woche tot aufgefunden worden. Wahrscheinlich Selbstmord. Hat mit meiner Firma nichts zu tun."

Doch sie hat wieder mal Heikes blühende Fantasie unterschätzt.

Heike fragt weiter, im Ton eines Kriminalbeamten, respektive einer Kriminalbeamtin, von denen es ja auch im Fernsehen immer mehr zu geben scheint.

„So, deine Vorgängerin hat sich also umgebracht oder ist sogar ermordet worden. Hast du mir nicht erzählt, dass du mit dem Führungsteam deiner Firma ins Gebirge fährst? Ist das jetzt nicht viel zu gefährlich?"

Kristina lacht.

„So ein Quatsch!"

„Aber sind das denn wirklich Leute, auf die man sich verlassen kann? Was, wenn da noch ein weiterer Mord passiert in der Abgeschiedenheit?" Sie sieht ihre Freundin fragend an.

Aber an Kristinas Gesichtsausdruck merkt sie, dass sie damit zu weit gegangen ist und schlägt schnell einen anderen Ton an:

„Aber sicher wird es ganz spannend und aufregend werden. Und Hoffmann ist ja auch dabei. Der gefällt dir doch."

‚Immer diese Spitzen, langsam regt mich Heike richtig auf. Das mit dem Biergarten-Treffen war wohl doch nicht so eine gute Idee', denkt sich Kristina. Und plötzlich nervt alles, nicht nur das Hundegekläff.

Eigentlich würde sie lieber noch mal checken, ob sie auch ja alles Wichtige für morgen zusammengepackt hat, auch Verbandszeug und so. Am kommenden Wochenende im Gebirge darf sie ja die Mutter der Kompanie spielen und muss für alles sorgen.

„Vielleicht solltest du mal wieder ins Fitnessstudio gehen. Bei uns an der Ecke hat ein neues aufgemacht, zu ganz tollen Konditionen", bemerkt Heike plötzlich und reißt damit ihre Freundin ziemlich unvermittelt aus ihren Gedanken.

Spielt Heike jetzt etwa auch noch auf ihre Figur an, die – zugegeben – während der Zeit bei Gusti ein wenig runder wurde? Sie werde mal vorbeischauen, so die knappe Antwort. Kristina will Burgfrieden mit ihrer Freundin schließen, mit ihr nicht auch noch Stress kriegen.

Trotzdem: Der Abend verlief nicht stimmig und die Mücken vertrieben am Ende noch den letzten Rest an Gemütlichkeit.

Fahrt ins Gebirge

Rasant geht's aufwärts ins Berghotel Panorama. Hoffmann gibt mächtig Gas. Zum Glück bremst er vor den Kurven etwas ab. Je näher das Gebirge auf sie zukommt, desto kurviger wird die Landstraße.

Es war gar nicht so einfach, das Gepäck zu verstauen. Sie hätte nicht gedacht, dass jeder der Damen und Herren so viel Gepäck mitschleift. Damit hätte jeder von ihnen locker einen mehrwöchigen Familienurlaub verbringen können.

Dazu noch die Tagungsutensilien, die Sven Hoffmann dabei haben wollte. Das Gusti-eigene Flipchart hat sie ihm doch noch ausreden können. Der Beamer und die vor kurzem neuerworbene Magnettafel mussten jedoch unbedingt mit und der neue Moderatorenkoffer war ohnehin das wichtigste Gepäckstück. Wer weiß denn, ob im Hotel tatsächlich alles vorhanden ist und funktioniert. Hoffmann ist ein Perfektionist. Es muss alles hundertprozentig passen, erst dann ist er zufrieden. Zum Glück konnte man die Magnettafel zusammenschieben und in einer Tragetasche verstauen. Aber für den Moderatorenkoffer, den Hoffmann noch brachte, war dann kaum noch Stauraum vorhanden. Dennoch: Auch der fand noch sein Plätzchen. Hoffmann hatte darin Abfragekärtchen, Magnete und die Stifte, mit denen sowohl auf Papier, als auch auf der Kunststofffläche geschrieben werden kann, verwahrt.

Sicher hat Max das Gleiche auch dabei. Für einen Moderator ist das eigentlich selbstverständlich. Beim nächsten Mal wird sie vorher abfragen, wer was dabei hat. Es macht doch keinen Sinn, vieles doppelt einzupacken.

Kristinas Reisetasche – sie wollte bewusst keinen Koffer mitnehmen – musste als Letzte in den Kofferraum. Die hätten sie beinahe vergessen. Warum diese Autofirmen so kleine Kofferräume vorsehen, würde ihr wohl für immer ein Rätsel bleiben. Die Reisetasche wurde von Sven und Albiniani kraftvoll hineingedrückt und fand dann auch noch ihren Platz. Nur gut, dass Kristina nicht sah, wie Albiniani ihrer Tasche und damit ihren Kleidern den letzten Schlag versetzt hatte.

Die Unterhaltung im Auto auf der Fahrt nach Tenning am See gestaltete sich schwierig. Sven Hoffmann fuhr selbst. Anscheinend sollte kein anderer außer ihm hinterm Steuer seines Audi sitzen. Dann ein paar Späße von Albiniani. Gelegentlich einige Bemerkungen von Hoffmann. Der sonst so schweigsame Forschungsleiter Petersen dagegen gab sich überraschend gesprächig. Er erzählte von seinen Bergwanderungen. Vom Muttekopf in Imst, von den Drei Zinnen in Südtirol. Die anderen hörten sich alles brav an. Ob es jemanden ernsthaft interessierte, war zu bezweifeln. Kristina erzählte schließlich vom Hotel und lenkte damit die Aufmerksamkeit auf ein anderes Thema. Sven kannte es schon, wusste zu berichten, wie er früher mit seinem Vater schon mal dort war, und dass es sehr schön oben am Berghang gelegen sei, mit Blick auf den kleinen See. Auch eine weitläufige Terrasse, Hallenbad, Sauna und was ein Hotel in dieser Kategorie eben noch so alles auszeichnen würde, wäre vorhanden.

„Mal sehen, ob so viel Zeit bleibt, alles zu nutzen. Wenn man geschäftlich unterwegs ist, kann man den Komfort meist gar nicht recht würdigen“, bedauerte Sven Hoffmann ein wenig.

Und dann war für lange Zeit Ruhe in der Limousine. Dabei war es früh am Morgen und die Fahrt durch das südbayerische Voralpenland sollte eigentlich inspirieren. Manchmal kam tatsächlich ein wenig Urlaubsstimmung auf. Doch ein Blick in die geschäftlich dreinblickenden Gesichter machte alles klar: Man war auf dem Weg zu einer Arbeitssitzung.

Im Hotel angekommen, ist Kristina froh, dass sie die Ersten sind. Gut, dass Hoffmann so zügig gefahren ist. Gemeinsam mit ihrem Chef inspiziert sie sogleich den Arbeitsraum. Dann nimmt sie alle in Empfang, kümmert sich um einen reibungslosen Ablauf an der Rezeption.

Zum Glück hatten sie den Arbeitsraum nochmals gecheckt. Es standen viel zu viele Tische im Raum für ihre kleine Gruppe von gerade mal zwölf Leuten. Tatsächlich waren auch die Möglichkeiten, eventuell Blätter oder Karten an eine Wand zu hängen, nicht ausreichend gegeben.

Sven Hoffmann schaute Kristina triumphierend an. „Sehen Sie, wozu es gut ist, wenn man so eine mobile Moderationstafel mitnimmt."

Doch bis er sie aufgestellt hat, vergingen mehr als fünfzehn Minuten. ‚Soll er nur machen', dachte sich Kristina, die ohnehin genug beschäftigt war, alles einzustöpseln, den Beamer am Rednerpult zu hinterlegen und, und, und. Aber Fabio Albiniani traf ein wenig früher ein und hat dann noch kräftig mitangepackt, sodass alles sogar noch schneller als erwartet erledigt war. Albiniani war sehr zuvorkommend, überhaupt nahm er jede Gelegenheit wahr, Kristina Bendix ein wenig zu unterstützen, vor allem natürlich, um mit ihr zusammen zu sein.

Hoffmann entgeht so was natürlich nicht. Immer mal wieder sah er zu den beiden rüber. Ihm war es so gar nicht recht, wie der Albiniani nun auch noch mit seiner neuen Assistentin schäkerte. Vielleicht sollte er demnächst doch mal mit ihm reden? Immerhin ist ja noch die Sache mit der Helmholtz zwischen ihnen offen.

Ideenfinden mit GAG

Die Strategiesitzung hat kaum begonnen, da platzt die Bombe, und das obwohl alles planmäßig anfing. Als Erster berichtete der Forschungsleiter Petersen über den Stand seiner Entwicklungen. Unter dem Kürzel VCP 1 läuft schon seit mehr als zwei Jahren sein wichtigstes Projekt. Dabei steht VCP für Vegetarian Consistence Program. Ziel ist es, eine „Gummi"-Masse auf rein pflanzlicher Basis zu kreieren, die gleichzeitig einen ganz spezifischen Biss haben soll, weicher und gleichzeitig natürlicher, als das übliche süße Gumminaschwerk.

Petersen strahlt über das ganze Gesicht. Wie er erklärt, sei die Idee inzwischen schon fast fünf Jahre alt, er habe jedoch erst vor zirka drei Wochen das Rezept so weit gehabt, um Probebärchen herzustellen. Noch vor vier Tagen wären die Exemplare entweder zu weich oder zu hart gewesen, jedenfalls nicht so, dass es der Zielsetzung entsprochen hätte.

Erst vor drei Tagen habe er dann das erste Bärchen in der Hand gehalten, das die Anforderungen erfülle und heute könne er die ersten Prototypen mit gewissem Stolz präsentieren.

So glücklich hat man Petersen noch nie gesehen. ‚Deshalb auch die fröhliche Stimmung auf der Herfahrt', dachte Kristina. Alles hat eben seinen Grund. Es war nicht die Landschaft, es war der Erfolg, der Petersen beflügelt hatte.

Petersen weiter: „Jetzt haben wir also endlich ein fertiges Rezept, mit dem wir guten Gewissens unsere „Wellnessbärchen" herstellen können. Auch das Problem mit dem Zucker ist gelöst. Der Zuckeranteil ist denkbar gering und der Geschmack hat ein fast natürliches Aroma.

Sven denkt an die Erdbeer-Idee seiner Assistentin. Das passt ja super zusammen. Auch Kristina erinnert sich an das Erdbeeressen und ist ganz erstaunt, wie schnell sich nun „ihre" Idee umsetzen lässt.

Die übrigen Teilnehmer, Albiniani, Mangold und all die anderen nehmen das alles freundlich zur Kenntnis. Anscheinend ist jeder von ihnen noch mit seinem eigenen Vortrag beschäftigt. Max Brunner nickt zustimmend.

Da wird Sven Hoffmann ans Telefon gerufen. Es wäre sehr dringend und äußerst wichtig. Hoffmann kann sich das nicht erklären. Wer sollte ihn am Wochenende anrufen? Er wird etwas nervös. Hängt es vielleicht doch mit der Helmholtz zusammen? Ist es die Polizei?

Nein, es ist Michelle. Für den Bruchteil einer Sekunde ist er fast ärgerlich. Er wollte schon sagen: „Musst du mich wirklich hier stören, bist du noch bei Sinnen!", als ihm selbst dieser Satz im Hals stecken bleibt.

Michelle erzählt ihm von einem Artikel in der heutigen Süddeutschen Zeitung, in dem über das neue Produktkonzept von Dropo berichtet wird.

„Es ist ein Wellness-Konzept. Das ist doch wichtig für euch."

Sven weiß nicht, ob er wegen der Nachricht geschockt sein soll oder ob er Michelle am liebsten um den Hals fallen möchte. Beides ist im Augenblick nicht angebracht. Er sagt mit eiliger Stimme:

„Wir haben gerade angefangen. Petersen hat sein Wellness-Konzept vorgestellt. Und jetzt dies. Aber ich danke dir, Michelle, das ist perfekt, dass du mich angerufen hast. Du bist ein Schatz, auch wenn die Nachricht eine Katastrophe ist."

Die Unterbrechung hat weniger als fünf Minuten gedauert.

Er schnappt sich an der Rezeption die SZ und überfliegt den Artikel. Die Zeitung in seiner Hand zittert.

Mit der Süddeutschen in der Hand betritt er wenig später – inzwischen jedoch ruhig und gefasst – den Arbeitsraum.

„Ich habe keine gute Nachricht für uns. In der SZ steht ein Artikel, der mich schockiert. Ich lese ihn am besten vor. Die Überschrift: *Dropo-Bärchen auf der Wellness-Welle.*"

Sven macht eine kleine Pause und sieht in die erstaunten Gesichter seiner Führungskräfte. Nach dem erfreulichen Vortrag von Herrn Petersen ist das ein Schlag ins Gesicht.

Das kann doch nicht mit rechten Dingen zugehen. Im Artikel wird von einem mehrjährigen Forschungsprogramm von Dropo berichtet, dessen Ziel es war, Gummibärchen auf pflanzlicher Basis herzustellen, die damit auch den Gesundheitsanforderungen unserer Zeit entsprechen. Dies wäre jetzt der Dropo gelungen. Die ersten Bärchen der neuen Generation wären schon unterwegs zu den Kunden. Ab Montag im Regal. Dropo werden hervorragende Entwicklungschancen vorausgesagt.

Schweigen. So viel Schweigen hat noch niemand gehört. Es ist eine so aufregende Ruhe, dass Kristina vergisst, die nun folgende Diskussion mitzuschreiben, was sie später sehr ärgerte.

Es ging um Hollerbach, um Helmholtz. Es ging darum, ob die beiden hätten wissen können, wo die Rezepte lagen, ob sie irgendwo gespeichert waren, wie leicht es war, sie zu kopieren, ob irgendjemand der Damen und Herren irgendetwas beobachtet hatte.

Das Rätsel blieb ungelöst, der Verdacht erhalten.

Einig war man sich nur darüber, dass die beiden, die Gusti verlassen hatten, mit der Sache etwas zu tun hatten. Denn eine identische und zeitgleiche Produktinnovation in der Parallelität, das konnte sich niemand vorstellen.

Die Strategiesitzung droht aus dem Ruder zu laufen. Jetzt zeigt sich, wie gut es ist, einen Moderator engagiert zu haben, der als Außenstehender auch in schwierigen Situationen beruhigend eingreifen kann.

„Meine Damen und Herren, wir stellen fest, der Wettbewerb setzt etwas um, das wir hier gerade erst besprechen wollten. Das ist Fakt. Und so nehmen wir das jetzt auf. Ich schlage vor, wir hören uns die Vorschläge der übrigen Damen und Herren an und diskutieren das andere anschließend im Zusammenhang."

Die Vorträge der Abteilungsleiter aus Produktion, Einkauf, Finanz- und Rechnungswesen und Marketing spiegeln ein Bild von Gusti wieder, das sehr vergangenheitsorientiert ist. Hanno Hoffmann lässt grüßen. Ansätze für eine Weiterentwicklung sind kaum erkennbar. Am ehesten noch bei Albiniani, der aber im Grunde auch nur durch die Fortsetzung der traditionellen Linie mit neuen kreativen Ideen überzeugt.

Max hat die Situation gut im Griff. Er weiß, dass jetzt ein enormer Handlungsdruck auf Gusti zukommt und ergreift die Initiative:

„Wie Sie wissen, werden Menschen überdurchschnittlich kreativ, wenn sie unter Druck stehen oder wenn sie entspannt sind. Ich glaube, jetzt stehen wir unter Hochdruck. Wir müssen praktisch – um nicht zurückzufallen – ums Überleben kämpfen. Ich sag' das mal so drastisch. Also starten wir unser Brainstorming."

Was jetzt abläuft, hätte niemand so vorhergesagt. Der Handlungsdruck, den die Nachricht ausgelöst hat, ist gewaltig. Die Ideen sprudeln nur so. Max Brunner hat dieses Sprudeln aber auch mit einem pfiffigen Entrée eingeleitet.

Er hat ein großes ‚G' an das Flipchart geschrieben.

„Sie wissen, wofür das ‚G' steht?"

„Klar, für Gusti", ist zu vernehmen.

Dann schrieb er dahinter ein ‚A'.

„Sie wissen, wofür das ‚A' steht?"

Jetzt war es schon schwieriger für die clevere Führungstruppe. Es kamen Vorschläge wie ‚GA – go adventure' oder ‚GA – Gusti – aufwärts' oder ‚GA – großer Anfang' oder ‚GA – gewinnen, aber jetzt erst recht'.

„Alles gar nicht so schlecht. Es geht schon in die richtige Richtung", Max lachte sie an. Ihm war klar: Die ziehen mit!

Dann setzte er noch ein großes ‚G' dahinter. Jetzt stand am Flipchart ganz groß:

G A G

„Jetzt sind wieder Sie dran. Was heißt das jetzt?"

Wieder Rätselraten und Vorschläge, die jetzt schon etwas lustiger wurden, wie „Gusti auf Gurs" oder „Gustis Ab-grund" oder „Groß, attraktiv, gustiv".

Max spürte, dass er jetzt bremsen muss und sagte nur:

„GAG steht für Gusti AG. AG kann heißen Aktiengesellschaft, es kann aber auch heißen Arbeitsgemeinschaft. Ich denke, wir sind hier eine Arbeitsgemeinschaft, die unser neues Unternehmen G A G (er spricht jeden Buchstaben einzeln aus) praktisch neu erfindet. Und wenn die Firma nun nicht G A G sondern Gag heißt, dann bedeutet dies, dass wir jetzt mal sehr kreativ und hemmungslos eine neue Firma Gag oder GAG aus der Taufe heben."

Und nach dieser anregenden Einleitung startete sofort ein Ideenwettbewerb, an dem sich alle lebhaft beteiligten. Gegen Mittag musste Sven alle daran erinnern, jetzt doch mal für das Mittagessen kurz zu unterbrechen.

So spannend hätte sich den Vormittag niemand vorgestellt. Kristina war hin- und hergerissen. Das Zuhören allein hat sie schon außerordentlich beschäftigt. Doch ihre Aufgabe war es auch das Protokoll zu schreiben. Da das Brainstorming von Max Brunner auf dem Flipchart aufgelistet war, hat sie in diesem Teil nur das notiert, was nicht auf den Ideen-Karten stand. Die kleinen Bemerkungen zwischendurch, die für das Verständnis wichtig waren, die hielt sie fest. Das kann im Nachhinein vielleicht den Zusammenhang herstellen oder Klarheit schaffen.

Kristina ist froh über die kleine Pause. Auch sie geht noch kurz aufs Zimmer, bevor man sich unten im Restaurant trifft.

Workshop

- ❍ Ideenfindung ist ein schwieriger Prozess.
- ❍ Standardmethoden (S. 232)
- ❍ Viel hängt davon ab, ob der Moderator durch eigene Ideen, den Prozess voranbringt (Beispiel: Modellfirma GAG). Die Fähigkeit des Kommunizierens kann man selbst verbessern. (S. 233)

Bei Tisch

Sven Hoffmann hat den Speisesaal noch nicht betreten, doch einige setzen sich bereits, was Kristina etwas erstaunlich findet. Aber vielleicht herrscht hier eine etwas lockere Atmosphäre. Üblicherweise – denkt sie – wartet man doch, bis der Einladende, also der Chef da ist, bevor man sich setzt. Vielleicht ist es der Schock, der die Gruppe etwas durcheinander gebracht hat.

Sven Hoffmann erscheint. Er registriert, dass einige schon sitzen, was er wohl nicht ganz in Ordnung findet. In seiner legeren Art verkündet er, es gäbe zwar keine Sitzordnung, aber er würde doch ganz gern in der Mitte sitzen. Er bittet Frau von Langen, die Stellvertreterin von Herrn Petersen, neben ihm Platz zu nehmen.

Das Gespräch über die Hollerbach-Helmholtz-Affäre und über Dropo geht weiter. Erst wird nochmal überlegt, ob Dropo überhaupt selbst in der Lage sein kann, eine solche Entwicklung durchzuführen. Man weiß ja, dort ist im Gegensatz zu Gusti keine eigene Forschungsabteilung vorhanden. Dort sind bisher immer nur Lizenzen erworben worden. Vielleicht haben sie das Rezept auch von dritter Seite, wird daher gemutmaßt. Doch schließlich ist der zeitliche Zusammenhang mit den Anstrengungen bei Gusti so deutlich, dass man sich sicher ist, die beiden Überläufer haben „das Ding gedreht", wie Albiniani lapidar feststellt.

Kristina sitzt unglücklicherweise neben Schneck, dem Produktionsleiter. Als sie das Restaurant betrat, sah sie Schneck bereits mit einer Zigarette von draußen kommend. Aber irgendwie gelang es ihr nicht, sich als Nichtraucherin neben einem

Nichtraucher zu platzieren. Nun, der Schneck wird ja nicht ständig rauchen, so der anfängliche fromme Wunsch, während neben ihr unablässig Rauchzeichen aufstiegen. Aber nicht mal während andere noch essen, hat er auf seinen Glimmstängel verzichtet.

Weil Schneck ein impulsiver Mensch ist, kann man ihm nicht einfach in die Parade fahren. Und auch seine krassen Essmanieren sind nicht gerade sympathiesteigernd. Kristina ist entsetzt. Kaum ist bei ihm serviert, beginnt er zu essen. Wobei „essen" noch fein formuliert ist. Mit einer Hand stützt er sich auf dem Knie ab, mit der anderen fuchtelt er gefährlich mit der Gabel durch die Gegend.

‚Gefährlich lebt man ja wirklich hier bei Gusti, sogar beim Essen.' Kristina macht ein etwas betrübtes Gesicht.

Sven Hoffmann entgeht es nicht, wie sie offensichtlich wegen ihres Tischnachbarn zu leiden hat. Immer wieder sieht er zu ihnen hinüber. Sein verständnisvoller Blick jedenfalls tröstet sie etwas über die missliche Situation hinweg, die sie noch eine ganze Weile zu ertragen hat.

Dafür gab es ein köstliches, leichtes Mittagessen. Als Vorspeise Lachs-Carpaccio, dann eine sämige Kartoffelsuppe, und als Hauptgang Involtini, die italienische Version der deutschen Roulade.

‚Alles wäre so wunderbar', denkt Kristina, ‚wenn es kein Arbeitsessen wäre. Aber so, mit einem solchen Nachbarn und dann dauernd angespannt...'

Dass die Herren auch ihre mobilen Telefone nicht abstellen! Es ist doch Wochenende, Samstag und sie müssen jetzt doch nicht – wie vielleicht sonst – ihre Wichtigkeit durch ständige telefonische Präsenz unterstreichen. Im Gegenteil: Jetzt zeigen sie, wie sehr sie unter der Fuchtel ihrer Frauen stehen. Kristina wird dadurch regelrecht überrascht. Wenigstens wird Sven Hoffmann nicht angerufen.

Und kaum ist das Essen vorbei, laufen alle Männer, die bisher noch nicht telefoniert haben, raus und schon auf dem Gang wird nach Hause telefoniert.

Männer müssen richtige Entzugserscheinungen haben, wenn sie am Wochenende unterwegs sind.

Kristina hingegen fällt im Augenblick niemand ein, den sie anrufen könnte. Heike vielleicht. Aber wozu?

Workshop

❍ Umgangsformen bei Tisch (S. 235)

❍ Rauchen bei Veranstaltungen und beim Essen (S. 236)

Die neuen Ideen

Max Brunner sieht in die vom Mittagessen leicht ermüdeten Gesichter.

‚Gut, dass wir uns heute Vormittag wegen Dropo nicht nur mit Wundenlecken beschäftigt haben, sondern die Ideenquellen haben sprudeln lassen.'

Er ist mit sich zufrieden. Auch ein Berater braucht Erfolgserlebnisse. Für den Nachmittag hat er sich vorgenommen, die Ergebnisse zusammenzufassen und in Konzepte zu ordnen.

Max Brunner lässt einige der Vorschläge Revue passieren. „Erinnern Sie sich noch an die Idee von Herrn Schneck?“ Er blickt zum Flipchart.

„Auch Babies können doch schon an Gummibärchen nuckeln, an Schnullern mit Gummibärchen-Geschmack. Das wäre doch die optimale Zielgruppenbindung, sozusagen von Anfang an, meinte Herr Schneck.“ Brunner fährt fort: „Und natürlich auch Senioren, die bekämen dann so einen Softgum zur sanften Massage der Kiefermuskulatur und Stärkung des Zahnfleischs. Diese Idee hatte Herr Mangold. Er hat uns ja darauf hingewiesen, dass wir alle eben nicht jünger, sondern älter werden und was tun müssen, um fit zu bleiben. Wie sagte Herr Mangold doch gleich? Zweimal täglich! Der Vertrieb läuft über Apotheken. Wir können also in Zielgruppen denken.“

Max Brunner nimmt die Ideenkärtchen und pinnt sie unter die einzelnen Zielgruppen.

Er referiert weiter: „Frau Bendix, glaube ich, hatte die Idee, Gustis als Schlank- oder Gesundmacher, oder beim Sport als Energiespender oder gar während Prüfungen, zur Leistungssteigerung anzubieten. Das geht wiederum in die Wellness-Schiene, die wir jetzt, nur weil Dropo hier aktiv ist, nicht einfach außer Acht lassen können.“

Aber Kristina wusste noch mit einer weiteren Idee zu punkten, die Brunner als Nächstes aufgreift: „Und dann hat Frau Bendix, wenn ich die Karte richtig lesen kann, auch noch den Vorschlag gebracht, eine Erdbeere zu kreieren, die in Geschmack, Form und Konsistenz der echten sehr ähnlich ist. Auch eine Produktidee aus dem Wellness-Bereich.“

Brunner hakt einen Beitrag nach dem anderen ab. „Die Überlegungen von Herrn Hoffmann, Gesundheit, Lust und

Spaß, Fun and Power zusammenzubringen, würde ich eher unter das Stichwort Erlebniskonzept setzen", fährt er fort.

Er schreibt neben die Stichworte „Zielgruppen", „Wellness" nun auch noch „Erlebnis" an das Chart, um sofort wieder das Wort zu ergreifen.

„Ihre weiteren Vorschläge, Herr Hoffmann, können wir uns alle schon mal auf der Zunge zergehen lassen: Vitamin-angereicherte Früchtegums, lecker-sinnliche Liebeskugeln oder witzige Sportgummis, zum Beispiel als Turnschuh- oder Footballmotiv. Das sind Herausforderungen an Sie, Herr Petersen."

Max Brunner ist in seinem Element und Sven freut sich über die Farbigkeit der Ergebnisse, seine Vorschläge eingeschlossen.

Petersens eigener Vorschlag, karieshemmende Zuckeraustauschstoffe und Geschmacksverstärker in die Gustibärchen einzubauen, ist typisch für einen Forschungsmann. Brunner ordnet ihn unter den Sammelbegriff „Wellness" ein, schreibt aber gleich noch das Stichwort „Gesundheit" daneben.

Bei dem Versuch, den kreativen Vorschlag Carina von Langens, der attraktiven Stellvertreterin von Petersen zuzuordnen, kommt Max etwas in Verlegenheit.

Gusti-Kugeln, die sich in Wasser auflösen, so ähnlich wie Brausepulver. Ein Produkt mit Kultcharakter. Max Brunner macht eine neue Schublade auf und schreibt „Kult" an das Flipchart.

Dann ein weiterer Vorschlag von der blonden von Langen, Gusti mit aphrodisierenden Präparaten, wie sie sich aus Spargel auf rein pflanzlicher Basis herstellen lassen, anzureichern, könnte, wenn Gusti eine AG wäre, den Börsenkurs nach oben treiben, wurde festgestellt. Beispiele hierfür gibt es ja. Max schreibt auch diese Idee dem Bereich Kult zu. In Klammern setzt er noch „Erotik".

An dieser Stelle gibt es besonders fröhliches Gelächter in der Runde.

Dann kommt Max Brunner zu Ideen, die er unter das neue Stichwort „Vertrieb" einordnet:

„Vertrieb über Pizzaservices, Imbissbuden, Automaten, Sportfachgeschäfte, Ticketschalter in Freizeitparks, Fußballstadien, das waren wohl Ihre Ideen, Herr Bolkow."

Andreas Bolkow aus dem Vertrieb, der mit den geröteten Wangen und dem karierten Hemd, wollte immer schon neue Vertriebschancen nutzen. Hollerbach hat das bisher immer abgeblockt. Dafür haben Sven Bolkows Beiträge im Brainstorming gut gefallen. Er könnte sich Bolkow durchaus als Nachfolger für Hollerbach vorstellen. Besonders deswegen, weil die Suche nach einem geeigneten Ersatz bisher erfolglos blieb.

Max Brunner geht die gewaltige Ideenliste weiter durch:

„Gezielte Aktionen an Firmen, Werbegeschenke mit entsprechenden Motiven, zum Beispiel Gummidrops mit Firmenemblem oder dergleichen, und natürlich zielgruppenspezifische Events wären enorm wichtig, Sportevents, Singlepartys und so. Das alles gehört noch unter Vertrieb."

Er schreibt jetzt noch „Marketing" dahinter. Darunter ordnet er auch noch die anderen Ideen von Fabio Albiniani dazu, nämlich Gustibärchen auch in Kinderbüchern, Comics oder Videos unterzubringen.

Inzwischen ist es bereits kurz vor fünf und alle sind fast erschlagen von dem stattlichen Ergebnis ihrer Kreativität.

Max Brunner beendet die harte Arbeit und erteilt Sven das Wort, der sich bei allen für die große Ideenvielfalt bedankt. Jetzt sollte man Pause machen und die Gedanken in ganz andere Richtungen lenken. Dafür hätte sich Kristina Bendix etwas ausgedacht.

Doch die ist sich nicht mehr sicher, ob die Idee, die eigentlich von Max stammte, wirklich so gut ist. Schließlich war der Tag aufregend, anstrengend und lang. Vielleicht würden sich die Kollegen gern etwas ausruhen und entspannen. Allerdings hatte sie alles schon so schön mit dem örtlichen Rafting-Club vorbereitet. Eine kleine Testfahrt, knappe zwei Stunden.

Vorsichtig fragt sie in die Runde, wer denn das Angebot für ein Schnupper-Rafting annehmen möchte. Zunächst ungläubiges Staunen, dann aber waren alle dabei. Das Abenteuer wollte sich niemand entgehen lassen.

Und es wurde ein Riesenspaß vor dem Abendessen, wenngleich für die meisten ein recht nasser.

Aufbruchstimmung

Nach dem Abendessen erfolgt die Bewertung der Tagesaktivitäten. Nicht der sportlichen, sondern der geistigen. Der sportliche Teil wurde schon am Tisch zum Besten gegeben.

Und da schnitten Hoffmann und Fabio mächtig auf, sie hätten auf die etwas ängstliche Bendix gut Acht gegeben und so. Kristina trug es mit Fassung. Das kennt man ja. In Wahrheit war Fabio derjenige, der etwas blass um die Nase geworden war, sich immer fester im Boot verkeilt hatte. Nur Hoffmann, der hatte wirklich nicht genug kriegen können, johlte bei jeder Welle auf und hatte dabei sicher am meisten Spaß. Kristina fand es aufregend, wenn auch erst auf den letzten Metern, wo es nicht mehr so heftige Stromschnellen gab und das Boot nicht mehr so sehr schaukelte.

Doch das ist jetzt Nebensache. Fast alle sind von der Vielfalt der Ideen überwältigt, die im Arbeitsraum an der Moderatorentafel angebracht sind.

Sven weiß: Was hier mit einigen knappen Worten an der Tafel steht, sind die Ansätze für Erfolg oder Nichterfolg von Gusti in der Zukunft. Es kommt darauf an, das Richtige herauszufinden, es zu ordnen und es dann umzusetzen. In seinem Kopf wird das Puzzle bereits zusammengesetzt.

Die Wellness-Idee oder die Erlebnis-Idee, das ist die Kernfrage. Die anderen Punkte, Vertrieb, Marketing, Kult und so weiter, die lassen sich später noch immer berücksichtigen.

Max hält sich im Hintergrund, macht Notizen, während die Gusti-Runde wieder in Schwung kommt.

Dann Sven Hoffmann:

„Die gesunde, aromatische Erdbeere sollte zu einer Persönlichkeit entwickelt werden. Wir sollten ihr beibringen, dass sie laufen kann."

Sven zeichnet eine Erdbeere an die Tafel. Eine Erdbeere auf den Kopf gestellt, die Spitze nach oben, den Bauch nach unten. Dazu ein Gesicht hineingezeichnet und Hände und Füße mit Strichen ergänzt. Das sieht nicht nur lustig aus, das regt auch die Fantasie der Gusti-Führungsmannschaft an. Man freut sich.

Sven lässt nicht locker: „Die Erdbeeren werden zum Leben erweckt, mal zu sympathischen Wesen, mal zu kleinen Biestern, mal zu Wesen, die Gesundheit zu den Menschen bringen. Man kann ihnen nicht widerstehen. Nicht zuletzt wegen ihrer leckeren Rundungen."

„Ja, ja, die leckeren Rundungen", raunt Fabio Kristina zu, die dies schlichtweg überhört.

Petersen jedenfalls ist begeistert. Genau das ist es. Einerseits die Gesundheit, damit verbunden die neue Konsistenz und dann fürs Marketing die Stories. Jetzt fängt auch er laut zu träumen an: „Die Erdbeere wird so, dass man sie zum Fressen gern haben kann."

Alle sind begeistert. Hoffmann weiß, wohin die Reise bei Gusti geht. Er hat seine Strategie für die Zukunft. Max hat ein erfolgreiches Seminar hinter sich und seinem Freund geholfen. Petersen weiß, er ist zwar hintergangen worden, aber seine Arbeit behält weiter an Wert, Bolkow ahnt noch nicht, dass er bald Nachfolger von Hollerbach wird und Kristina weiß gar nicht, wie sie die laufenden Erdbeeren im Protokoll unterbringen soll. Und alle sind sich sicher: Dagegen hat Dropo keine Chance.

Nachgedacht

Endlich wieder zuhause! Kristina liegt in der Badewanne, ist glücklich und zufrieden. Die Tagung war ein Erfolg, auch ein persönlicher! Gegen 23 Uhr wurde es immer lustiger. Aber davor schon, diese Fahrt im Wildbach, die war richtig spritzig. Hoffmann und Fabio waren super gut drauf. Sie saßen beide mit ihr in einem Boot.

Kristina lässt noch ein wenig warmes Wasser einlaufen. Dieses Bad wirkt Wunder nach dem anstrengenden Wochenendseminar. Kristina schließt die Augen, erinnert sich:

Spät wurde es dann am Samstagabend. Außerdem wurde mächtig was weggebechert. Fabio und Hoffmann kamen – je später der Abend, umso ausgelassener die Stimmung – noch auf weitere verrückte Ideen. Wie Teenager führten sie sich auf, wollten auf die Alpspitz steigen und den Mond putzen gehen. Fabio sang dann noch ein Ständchen: „O sole mio" auf Bayerisch. Sie lachten ohne Ende. Und Sven wollte ihr zuletzt sogar die Sterne vom Himmel runterholen, als Auszeichnung für das gelungene Seminar. Ob der sich am Montag noch daran erinnert?

Kristina versinkt beinahe in den Schaumbergen ihrer heimatlichen Badewanne und schwelgt weiter in Erinnerungen:

Ja, wir drei hatten viel Spaß. Zum Glück gibt es nichts zu bereuen. Dafür hatte Kristina schon gesorgt. Sie wusste, wie sie sich die beiden geschickt vom Halse und doch bei Laune halten konnte. Außerdem hatten die sich ja nur ein wenig zu viel hinter die Binde gekippt. Da kann man schon mal nachsichtig sein. Was bleibt, sind dann nur angenehme Erinnerungen. Und die genießt Kristina jetzt. In vollen Zügen.

‚Obwohl? Dieser Fabio, der gefällt mir schon recht gut!', gesteht sie sich ein, während sie den Badeschaum auf ihren Händen balanciert und dann auseinander pustet.

Dropo in Nöten

Dropo geht in die Offensive. Der Dropo-Bär wird künftig auf pflanzlicher Basis hergestellt! Eine Marketingmaschinerie rollt an: Überall wird der neue, nunmehr grüne Dropo-Bär als kleiner Bruder des Goldbären vorgestellt. Sven sitzt mit Michelle vor dem Fernseher und sieht, wie Kinder, Jugendliche, junge Paare, Manager, Senioren, kurz ein sympathischer Querschnitt aus allen Bevölkerungsschichten die grünen Bärchen naschen. Eindrucksvoll! Jeder nimmt sich ein grünes Bärchen, steckt es in den Mund und sagt „Gesundheit!"

„Gesundheit, Gesundheit, Gesundheit", mal mit hoher, mal mit tiefer Stimme, mal männlich, mal weiblich. Sven mag gar nicht mehr zuhören. Und dann beißen die auch noch in die Bärchen und sagen: „So natürlich, so weich, so zart."

Sven weiß, damit hat Dropo einen enormen Vorsprung. Seine Gespräche mit den Saldis und Bidels werden sicher nicht leichter dadurch. Aber ein Gedanke ging ihm seit der Tagung in Tenning nicht mehr aus dem Kopf. Wenn es stimmt, dass Petersen erst vor einigen Tagen das Rezept endgültig fertiggestellt hat, dann hätte ja Dropo ein Rezept erworben, das nicht dem heutigen Stand der Technik entspricht. Er ruft Petersen zu Hause an.

„Kann es sein, – angenommen Hollerbach oder Helmholtz haben vor vier Wochen das Rezept bei Ihnen entwendet –, dass dies sich auf die Konsistenz der Dropo-Bärchen negativ auswirkt, also diese entweder zu hart oder zu weich werden?" Sven ist auf die Antwort von Petersen gespannt.

Der sagt ohne lang zu überlegen: „Natürlich. Denn die entscheidende Verbesserung ist mir erst kurz vor unserer Strategiesitzung geglückt."

Sven überlegt weiter. Wenn Dropo jetzt tatsächlich diese Marketing-Kampagne fährt und dann die neuen grünen Bärchen nicht das versprechen, was in der Werbung angepriesen wird, ja dann wird es eng für Dropo.

Wenn Petersen nur Recht hätte. Gleich am nächsten Morgen bittet er Kristina in drei Supermärkte zu gehen und grüne Dropo-Bärchen zu kaufen. Sie müssen feststellen, ob wirklich das alte Gusti-Rezept verwendet worden ist.

Auch Kristina ist gespannt. Inzwischen ist sie fast schon selbst zur Gusti-Unternehmerin geworden. Eine Packung kauft sie für sich, öffnet sie gleich und ist erleichtert. Die grünen Bärchen kriegt sie kaum aus dem Klarsichtbeutel. Sie kleben fest aneinander, wollen sich so gar nicht vernaschen lassen.

Sie rennt in die Firma, die Treppen hoch und steht mitten im Zimmer von Sven Hoffmann. Außer Atem hält sie ihm die Bärchentüte hin.

„Die kleben alle zusammen."

Sven würde ihr am liebsten um den Hals fallen. Das jedenfalls hat sich für Dropo nicht ausgezahlt.

„Solche Dinger kriegen die spätestens in ein paar Tagen von ihren Handelspartnern um die Ohren geschlagen", triumphiert er.

Sven ist mehr als beruhigt, denkt aber weiter. Er hofft, dass sein neues Konzept, das gesundheits- und erlebnisorientiert ist, aufgeht, jetzt kein Fehler mehr passiert. Das Know-how muss in der Firma bleiben. Schwachstellen darf es keine mehr geben.

Bis jetzt ist aber immer noch nicht geklärt, wie denn das Wissen über das Rezept zu Dropo gelangt ist. War es Helmholtz, war es Hollerbach, waren es beide? Oder gibt es noch jemand, der seine Hand mit im Spiel hatte?

Urlaubsplanung

Inzwischen sind bereits vier Monate vergangen. Kristina wird von Heike im Büro abgeholt. Sie wollen über ihre geplante USA-Reise sprechen. Auf ihren Sommerurlaub hat sie verzichtet, weil sie einfach nicht weg konnte und auch in der Probezeit nicht weg wollte. Beide freuen sich nicht nur auf die Reise, sondern auch auf die Planerei. Heike hat genügend Prospekte und Kataloge dabei und gemeinsam schleppen sie den riesigen Stapel in Kristinas Wohnung. Sie möchten mit einem Mietauto von San Francisco nach Los Angeles und dort ein wenig ausspannen.

Kristina kann sich noch nicht so recht darauf konzentrieren. Heute war die Polizei nochmal da und hat mit ihrem Chef ein längeres Gespräch geführt. Sven Hoffmann hat ihr anschließend erzählt, beim Tod der Helmholtz sei viel Geld im Spiel gewesen. Die Polizisten tippen jetzt auf Mord. Selbstmord scheidet aus. Sie haben viele Informationen über Petersen eingeholt. Bei Dropo sei tatsächlich ein Rezept von Gusti zum Einsatz gekommen. Mehr hat ihr Hoffmann allerdings nicht erzählt. Doch es reicht auch so.

Heike und Kristina blättern in den bunten Seiten der Reiseveranstalter, betrachten die Hotels, die Motels und die Preise. Billig ist es nicht gerade. Der Dollar steht auch nicht sehr günstig. Aber sie können es sich leisten. In Gedanken sind sie schon auf dem Highway One, während sie Donuts essen und Cola trinken.

An diesen Prospektabend erinnerten sich beide, als sie in San Francisco eintrafen. So gewaltig und interessant hatten sie sich diese Stadt dann doch nicht vorgestellt.

Workshop

- ❍ Urlaubsplanung und Urlaubsvorbereitung wirft oft viele Fragen auf. (S. 238)

USA

San Francisco allein ist schon eine Reise auf den nordamerikanischen Kontinent wert. Die streng geometrisch angeordneten Straßen, ziehen sich wie ein breitmaschiges Netz über die sieben größeren und die vierzig kleineren Hügel. Heike und Kristina sind beeindruckt. Sie genießen das blaue Wasser an der Bucht, die weißen und bunten Segel vor der Skyline, das endlose Häusermeer. Sie strolchen durch Fisherman's Warf mit seinen vielen Fischständen, lassen sich mit dem Cable Car wie in einer Achterbahn durch die Stadt schaukeln und verlieren sich in den Düften und Ansichten von Chinatown, dem größten und lebendigsten Stadtteil.

Nach nur zwei Tagen sind sie schon mit dem angemieteten Buick auf dem Highway One, der sich an der Küste von San Francisco bis runter nach San Diego schlängelt. Außer ihrem Ziel Los Angeles haben sie keinen Plan. In acht Tagen wollen sie dort sein. Sie können sich also Zeit lassen. Seit ihrer Ankunft – sie sind nachts in das Lichtermeer von San Francisco eingeflogen – hat Kristina Gusti, Dropo, Hoffmann, Petersen, Helmholtz, Hollerbach und Co. fast völlig vergessen.

„Man denkt gar nicht mehr an München und alles, was dort

passiert, das ist ganz eigenartig“, stellt sie Heike gegenüber fest, während sie die Golden Gate Bridge überqueren, um wenig später die schwimmenden Boote in Sausolito zu besichtigen.

„Das kommt schnell genug wieder. Du wirst sehen, wenn wir zurück sind, ist Hoffmann ein Nervenbündel und irgendeiner aus der Dropo-Truppe sitzt im Gefängnis. Denn der Mörder der Helmholtz, der muss ja endlich gefunden werden“, sagt Heike, während sie ihren Blick wieder in die Ferne schweifen lässt.

Das war‘s aber auch schon mit Erinnerungen an das Arbeitsleben. Kristina und Heike genießen die wunderbare Aussicht, wenn sie aus ihrem Auto aufs Meer blicken. Ein Traum geht in Erfüllung.

In Salinas, ungefähr zwanzig Meilen nordöstlich von Monterey standen sie vor dem Haus von John Steinbeck. Kristina dachte an „Die Straße der Ölsardinen“, an „Von Mäusen und Menschen“ und genoss es einfach, endlich wieder einmal an andere Dinge denken zu können. Erstaunlich, wie sich die Schilderungen von Alteisen, Blech, Rost, Hobelspänen und Baustellen hier noch immer wiederfanden, in den Wellblechschuppen, Chinesenhütten und Lagerhallen. Man konnte erahnen, wie es damals hier zugegangen sein muss, wie Kuppler, Stromer, Spieler hier verkehrten und ihr „ehrenvolles“ Leben führten. „Für Steinbeck waren es Heilige, Engel, Gläubige, Märtyrer“, stand im Reiseführer, ohne den Kristina im Urlaub nie unterwegs ist. „John Steinbeck muss ein rauer Typ gewesen sein“, las sie weiter und so begaben sie sich auf den angegebenen Weg durch die ehemaligen Konservenfabriken, in denen heute Hotels, Restaurants, Boutiquen und Shops untergebracht sind.

Der Reiseführer ließ sie nicht los: „Steinbeck trank recht gern“, stand dort, und dass „er die Frauen liebte“ – da mussten sie beide fast gleichzeitig an Fabio Albiniani denken, der auch die Frauen und das Leben liebt. Aber Gedanken an zuhause und den Beruf waren nicht zugelassen.

Dann ging es weiter über Carmel, den Seven-Miles-Drive nach Big Sur, diesen immer noch unberührten Landstrich. Hier wird das Meer noch gewaltiger, die Landschaft noch ursprünglicher.

„Wohnte hier nicht Henry Miller?“ fragt Heike Kristina.

„Der Miller war doch ein ziemlich sexistischer Schriftsteller, oder nicht?“

„Aber er war auch sehr gefühlvoll. Kennst du ‚Big Sur‘ und ‚Die Orangen des Hieronymus Bosch‘?“

Kannte sie natürlich nicht, woher auch.

„Aber du hast sicher den romantischen Film gesehen: ‚Stille Tage in Clichy‘?“

„Tut mir leid. Nein.“

Heike ist ein wenig enttäuscht. Aber die gewaltige und doch so sensible Landschaft verzaubert sie ähnlich wie sie wohl seinerzeit Henry Miller verzaubert hat.

„Solche Männer sind toll, hart und sensibel. Doch wo ist einer in Sicht. Nichts als Landschaft“, Heike seufzt still vor sich hin.

„Das muss sich in Los Angeles ändern, das wird sich ändern, ich spüre es.“

In der Tat, kaum waren sie in L.A., hatten sich in einem typisch amerikanischen Hotel eingemietet, gab es genügend Möglichkeiten, mit jungen Leuten zusammenzutreffen.

Kristina und Heike joggen am Meer, nur einen Häuserblock von ihrem Hotel entfernt, fühlen sich wie Julia Roberts und Penélope Cruz, genießen den Sonnenaufgang, die Brise vom Meer, fühlen sich wie neu geboren. Die beiden genießen es, nicht mehr allein unterwegs zu sein. Alle paar Meter joggt jemand an ihnen vorüber. Gerade eben so ein ganz wilder, braungebrannter Typ, mit langen Haaren und einem T-Shirt mit verrückten Comic-Figuren drauf. Kristina nimmt ihn nur aus dem Augenwinkel wahr, trabt weiter durch den feinen Sand. Heike legt ein mächtiges Tempo vor. Kristina konnte anfangs noch mithalten, fällt jetzt aber ein wenig zurück. Sie überlegt, wird immer langsamer, schaut über die Schulter nach hinten.

‚Diese irren Comic-Figuren, die hab ich doch irgendwo schon mal gesehen. Nur wo?'

Sie sieht sich immer wieder um, nach diesem T-Shirt-Typen. Der aber auch. Das irritiert sie. Sie stolpert. Eine leere Cola-Dose bringt sie zu Fall. Heike ist schon viel weiter, trabt der Sonne entgegen. Da kann Kristina eh nicht mithalten.

Aber der Typ, der dreht sich um und spurtet auf Anhieb herbei, hilft ihr wieder auf die Beine, mit einem festen, gekonnten Griff. Kristina staunt, bewegt sich in Zeitlupe, glaubt sie wäre in einem Film. Sie sehen sich an. Er redet auf sie ein, hilft ihr sogar ein wenig den Sand abzustreifen, sagt irgendetwas, wirkt besorgt. Sie nimmt es gar nicht recht wahr, sieht ihn nur fragend an, lässt es geschehen.

Heike in der Ferne staunt, erstarrt zu Salzsäule, schaut angestrengt zurück, beeilt sich dann, nach dem Rechten zu sehen. Kristina scheint sich mit einem fremden Mann recht gut zu unterhalten. Hoffentlich! Während sie näher kommt, hört sie ein Lachen, die Stimmung ist gelöst. Heike ist erleichtert!

Kristina hat gerötete Wangen und dieses Strahlen in den Augen, obwohl sie wie ein Streuselkuchen aussieht. Überall Sand. Aber Heike weiß, was das bedeutet, wenn Kristina so schaut. Sie wird neugierig:

„Hey, hallo? Hab ich etwas versäumt? Ihr kennt euch?"

Und dann erzählt ihr Kristina eine irre Story. Wie sie sich in München getroffen hätten, zufällig im Supermarkt, an der Tiefkühltheke. Das klingt in Heikes Ohren sehr seltsam, ein wenig komisch. Aber Kristina sprüht vor Energie, erzählt dabei alles recht wild durcheinander, ist ein wenig aufgeregt:

„Ja, Mensch, und David ist Cartoonist, stell dir vor."

Kristinas Begeisterung ist überschwänglich, beinahe ein wenig peinlich.

Heike mustert den Knaben mit der etwas hageren Gestalt und den vom Wind zersausten Haaren.

‚Was Kristina an dem bloß findet?'

Doch David hat eine Wahnsinnsausstrahlung. Sobald er den Mund aufmacht, verfällt auch Heike seinem Charme, stellt endlich ihr sportives Gehopse ein und hört zu. David berichtet, dass es doch ein netter Zufall sei, sich ausgerechnet hier wieder über den Weg zu laufen. Im feinsten Deutsch sagt er das mit einem liebenswürdigen amerikanischen Slang. Zum Dahinschmelzen, zumindest wenn man Kristina ansieht, die wie gebannt an seinen Lippen hängt. Der Typ hat es ihr angetan, kein Zweifel.

„Darf ich euch beide einladen? Heute Nachmittag bin ich in den Studios, wo ich an einem neuen Projekt arbeite. Das wäre doch sicher ganz interessant, mal einen Blick reinzuwerfen? Ich könnte euch da eine Menge zeigen."

David scheint an ihnen tatsächlich Interesse zu haben. Wieso sollte er sie denn sonst einladen, auch noch in die Universal Studios? Da kommt doch sonst keiner rein. Die beiden sagten natürlich sofort zu. Und bereuten es nicht. Es wurde aufregend: Er zeigte ihnen seinen Animationsplatz, erzählte von den kleinen Gang-Monstern auf seinem T-Shirt, die sie im Team kreieren und dann in virtuellen Räumen auf Raubzug schicken. Ein Film wird das, nächstes Weihnachten auch in deutschen Kinos zu sehen. Sie müssen nur noch ein paar Setups machen. Früher war David Texter, auch in München ist er hin und wieder.

Am Abend waren sie dann noch in Beverly Hills eingeladen, bei irgendeinem Sponsor, der so eine Pool-Party veranstaltete. Ein riesiges Grundstück, mit einem gewaltigen Haus im Terrassenstil angelegt, erinnert Kristina ein wenig an Frank Lloyd Wright. Typisch amerikanisch eben, wie aus einem Architekturbildband.

Kristina hat ein Faible für Architektur, Kunst und Design, überlegte früher einmal, ob sie so was nicht studieren sollte, damals, als sie noch im Kunst-Leistungskurs saß und wie alle in der Oberstufe zwei Jahre lang nur Stilllebenvariationen malen durfte, weil es so im Lehrplan stand. Dann hatte sie es sich doch anders überlegt. Eigentlich schade. Heike und Kristina stehen am Pool und mustern die Gäste, fühlen sich wie auf einem fernen Stern. Die Barbecue-Party ist langweiliger als erwartet. David hingegen scheint hier beinahe jeden zu kennen, ist ständig unterwegs, kaum zu sehen.

Ihr Englisch reicht nicht aus, um da mithalten zu können, nicht einmal um einen ordentlichen Smalltalk zu bestreiten. Und so halten sie sich immer etwas abseits, schlürfen Fruchtcocktails aus bunten Strohhälmchen und freuen sich, wenn David mal wieder aufkreuzt. Er ist gut drauf, fühlt sich hier wie zuhause. Ja, David öffnet den beiden Tür und Tor, zeigt ihnen die Traumfabrik, aber auch die Schattenseiten dahinter:

„Das Geschäft ist hart, sehr hart. Da darf man nicht aus dem Takt kommen, muss immer drin bleiben. Da bleibt die Kreativität manchmal schon ein wenig auf der Strecke. Aber es gibt immer wieder Neues, Aufregendes. Hier in L.A. ist einfach immer was los, hier ist alles viel größer, viel weiter angelegt. Wenn wir in Deutschland was machen, dann ist das um zehn Nummern kleiner, da ist auch viel weniger Geld mit im Spiel. Hier denken sie gleich in ganz anderen Dimensionen. Das ist toll, das schafft Freiräume, die es so in Europa nicht gibt."

Kristina versteht. Von ihrem Gusti-Job will sie nicht viel erzählen. Wer kennt hier schon Gusti? Doch dann hat sie eine Idee: Hoffmann braucht doch noch jemanden für seine Kinderbuch- und Comic-Aktion. Vielleicht wäre ja David der passende Ideengeber, würde ein wenig frischen Wind in die Sache bringen. Und in München würde er sowieso die nächsten drei Monate sein. Das könnte doch passen. Kristina versucht es einfach mal, während Heike sich am Büfett schadlos hält. Sie gibt sich einen Ruck, schließlich ist David ja ziemlich locker drauf:

„Wir haben in unserer Firma so eine Idee, wie man mit einer fetzigen Story Kinder für Gummibärchen & Co. begeistern könnte. Allerdings fehlen noch kreative Leute für die Umsetzung. Was meinst du, hättest du vielleicht Lust mal mit Hoffmann, meinem Chef, darüber zu reden? Vielleicht wäre ja ein kleiner Deal möglich? Vielleicht wäre das auch mal eine Abwechslung zum großen Geschäft?"

Kristina staunt nicht schlecht, als David sofort zustimmt. Damit hat sie nicht gerechnet.

„Ich kenne in München eine Menge Leute, alle sehr kreativ und immer auf Jobsuche. Falls ich keine Zeit hätte, dann könnte ich zumindest Kontakte herstellen. Und wir könnten uns dann auch wiedersehen, nicht wahr?"

Der letzte Satz wirft Kristina komplett aus der Bahn. Damit hatte sie jetzt schon gar nicht gerechnet.

‚Interessiert sich David für mich? Für mich?'

Kristina ist verliebt, wie ein Teenager, kann den ganzen Abend über an nichts anderes mehr denken, obwohl David wieder in der Menge abtaucht und bis zum Ende der Party nicht mehr auftaucht.

Dafür aber wird der Abend noch lang. Heike zieht sich ins Hotel zurück. Kristina und David haben sich wieder gefunden, sitzen noch lange am Strand und sehen gemeinsam die Sonne über den Luxusvillen aufgehen.

München

„Good morning, Mr. Hoffmann!"

„Hello, Miss Bendix. Nice to see you. How are you?"

Sven steigt im feinsten Oxford-Englisch auf die Begrüßung ein. Vier Semester am Elite-College, da bleibt was hängen. Und er freut sich ja schließlich riesig, dass seine Assistentin wieder zurück ist, würde ihr am liebsten um den Hals fallen.

Kristina ist gut drauf, antwortet mit amerikanischen Akzent:

„Fine, thanks. And how are you?"

Doch damit war der wunde Punkt auch schon getroffen. Sven winkt ab:

„Fragen Sie lieber nicht, Frau Bendix." Sein Lächeln verzieht sich schnell wieder. Kristina ist betroffen, will es genau wissen.

„Was ist denn passiert?"

„Fabio Albiniani ist mit seiner Erdbeer-Story leider immer noch nicht weiter. Zurzeit ist er in Italien unterwegs um Comic-

Spezialisten zu finden, die uns helfen können."

Hoffmann sieht seine Assistentin fragend an, scheint nicht viel zu bieten zu haben.

„Zum Glück ist die Dropo Marketing-Kampagne jetzt endgültig ins Leere gelaufen. Sie haben das Produkt vom Markt genommen. Ich glaube, die haben an dem Flop mit den grünen Bärchen noch lange zu knabbern. Wir nennen sie schon scherzhaft die Kampagne mit den „grünen Männchen". Jetzt müssen wir einfach noch ein wenig an Tempo zulegen und wir haben's geschafft.

Kristina spürt den Druck, unter dem jetzt Gusti steht. Schade, dass man marketingmäßig nicht weitergekommen ist. Aber sie bringt ja eine Idee in Person von David mit.

Sie erzählt von ihrer „Urlaubsbekanntschaft", diesem David Morgan, den sie ihm vorstellen könnte. „Er hält sich derzeit in München auf. Der sprüht nur so vor Ideen und wäre vielleicht genau der Richtige, um eine spannende Erdbeer-Story zu entwickeln", erzählt sie begeistert.

Sven ist nicht abgeneigt. Auf diesen David Morgan ist er jedenfalls schon gespannt. Die Bendix kam da ja regelrecht ins Schwärmen, als sie von dem erzählte. Für den nächsten Morgen wird sein Besuch angekündigt.

Die frechen Früchtchen

Sven will seinen Augen kaum trauen: Wie sieht denn der aus? Das soll dieser David Morgan sein? Den hat er sich ganz anders vorgestellt. Vor ihm steht Kristinas Neuerwerbung und lässt all seinen Charme spielen:

„Hallo, Herr Hoffmann. Frau Bendix hat mir schon viel von Ihnen erzählt."

„Ach ja? Ich hoffe nur Angenehmes", sagt Sven, nicht ohne mit dem Auge zu blinzeln. Schnell kommen die beiden ins Gespräch, der junge Manager, heute im feinen italienischen Maßanzug und der etwas chaotisch wirkende Self-Made-Man mit Dreitagesbart, bis fast an die Kinnpartie reichenden Koteletten und legerem Pferdeschwanz. So unsympathisch sind sie sich gar nicht, auch wenn Sven nicht glauben kann, dass Kristina es mit dem Typen wirklich ernst meint.

‚Hoffentlich bringt Albiniani was aus Italien mit', denkt Sven, während David bereits dazu übergeht, seine Zeichenmappe aufzuklappen und das erste Blatt herauszuziehen.

„Wenn ich vorstellen darf? Das ist Miss Strawberry, eine wunderschöne Erdbeere, noch etwas grün, aber dafür ganz schön vorwitzig."

David zeigt eine Erdbeere, die es in sich hat: ein arrogantes Persönchen, das sein Näschen ziemlich weit oben trägt und gerade eine elegante Drehung vollführt.

„Sie ist entzückt. Sie hat sich verliebt", weiß David zu berichten.

Das sieht gut aus: schwungvoll und dynamisch. Sven staunt. Dann erzählt David weiter, bastelt eine regelrechte Story zurecht. Immer mehr Figuren werden vorgestellt und in eine Handlung eingebaut. Bald geht es ziemlich wild zu im Büro. Sven wird förmlich überrannt von Ideen und Einfällen. Überall liegen Entwürfe umher, verdammt gute Entwürfe. Man sieht sofort: Das ist ein Profi!

„Den Comic hätte ich in einem Monat fertig, computeranimiert. Zu so einem frechen Früchtchen fallen einem eine Menge Dinge ein."

Daran zweifelt Sven keineswegs. Er ist tief beeindruckt.

Doch David überrascht ihn immer mehr:

„Eine gute Freundin von mir schreibt Kinderbücher. Wir haben schon mal so etwas gemeinsam gemacht, vor ein paar Jahren. Die Frau ist supergut drauf, die muss man nur machen lassen. Die hat das gewisse Etwas, auf das vor allem Kinder abfahren."

Und dann legt er Sven das Kinderbuch vor, das sie beide gemeinsam auf die Beine gestellt hatten: Eine wahnsinnig süße Geschichte über ein kleines Nilpferd, das nicht baden möchte. Sven ist entzückt. Das gefällt ihm. Das ist professionell gemacht, keine Frage. Sein Team steht. Das hat die Bendix toll hingekriegt.

Am Abend gehen sie zu dritt zum Abendessen. An der Geschichte wird eifrig weitergebastelt. Nur Albiniani bleibt zunächst außen vor. Er ist ja noch in Italien unterwegs.

Aufklärung

Noch ahnt Sven nicht, was sich in den nächsten Augenblicken ereignen wird. Er sieht die Morgenpost durch, die ihm Kristina auf den Tisch gelegt hat. Die erste Abschlagsrechnung von David Morgan über fünfzehntausend Euro. Dazu eine Reihe von Berichten der Vertreter über die missglückte Dropo-Aktion, in der Regel mit dem Hinweis, Gusti müsse jetzt in die Lücke springen. Eine Chance, die man sich nicht entgehen lassen sollte. Er möchte sich nochmal mit Petersen und Albiniani, der inzwischen wieder aus Italien zurück ist, zusammensetzen und bittet Kristina, die Herren doch zu informieren.

„Albiniani kommt gleich vorbei. Herr Petersen ist noch nicht im Büro. Frau von Langen weiß nicht, warum er heute nicht wie üblich um acht Uhr im Labor erschienen ist.“

Dann geht alles blitzschnell. Kristina meldet sich und kündigt den Besuch der Kriminalbeamten an.

„Herr Hoffmann, wir müssen Ihnen leider eine sehr unangenehme Nachricht überbringen“, sagt der Ältere von den beiden. Sven schaut ihn gefasst an, wie er in seinem blauen Pullover unter einer hellbraunen Lederjacke ruhig und ein wenig ernst vor ihm steht. Sven weiß nicht, was er von alledem halten soll. Aber vielleicht ist jetzt endlich geklärt, dass die Helmholtz Selbstmord verübt hat.

„Herr Petersen ist heute Morgen auf seinem Weg in die Arbeit tödlich verunglückt.“

„Wie – sagten Sie tot?“

„Leider ja. Die ärztliche Hilfe kam zu spät.“

Sven ist erschüttert. Es schmerzt ihn. Petersen war doch erst in den letzten Wochen ein wenig aufgeblüht, schien so lebensfroh. Der hatte im Führungsteam eine wichtige Funktion inne, gab eine richtig gute Figur ab. Sicher, noch vor der Strategiesitzung war er ihm eher als unscheinbarer ruhiger Zeitgenosse erschienen. Aber im Gebirge, da hat er ihn nicht nur fachlich, sondern auch menschlich als überaus angenehm empfunden. Sven Hoffmann sitzt wie gelähmt in seinem Bürosessel.

Doch die Kriminaler sind noch nicht am Ende. Es spricht immer nur der Ältere der beiden. Der andere hört zu und sieht erwartungsvoll in die Runde.

„Herr Hoffmann, es hat ziemlich lange gedauert. Aber einen so komplizierten Fall hatten wir schon lange nicht mehr. Petersen war der Helmholtz regelrecht verfallen. Sie hat ihn um den Finger gewickelt. Hollerbach wusste davon und hat das ausgenutzt. Über die Helmholtz hat er dann von Petersen alles bekommen, was er wollte, auch Forschungsergebnisse."

Sven hört gebannt zu.

Der Beamte räuspert sich etwas und führt die Ermittlungsergebnisse weiter aus.

„Es müssen sich Szenen zwischen Petersen und der Helmholtz abgespielt haben, die Sie sich gar nicht vorstellen können. Herr Petersen ist von Frau Helmholtz sexuell regelrecht zugeschüttet worden. Der stille Petersen ist dabei aufgeblüht und war völlig verzaubert. Nur so lässt sich das alles erklären. Und dafür haben wir sogar Beweise. Ein Brief an Chantal Helmholtz zeigt seine Ekstase und seine Nöte auf. Er war wie von Sinnen. Hollerbach bekam alles auf dem silbernen Tablett serviert, die Rezepte, die Pläne, die Proben, die Ergebnisse. Doch Hollerbach hat diese Fakten nicht direkt an Dropo verkauft. Er hat sie an einen Agenten weitergegeben. Der hat dann mit Dropo das

Geschäft gemacht. Arndt Becker von Dropo wusste nicht, dass alles von Gusti war, was ihm angeboten und schließlich verkauft wurde. Die Helmholtz hat dann aber gemerkt, wie sie von Hollerbach ausgenutzt wurde. Sie hat mit ihm ein Verhältnis begonnen und hat ihn gleichzeitig erpresst. Es ging dann aber nur noch um Geld. Liebe war nur das Mittel zum Zweck, wie so oft im Leben."

Der Kommissar kommt nicht umhin, ein wenig Lebensweisheit in seine Ausführung einzuflechten, räuspert sich erneut und berichtet zu Ende:

„An einem Abend, den sie gemeinsam in der Wohnung der Helmholtz verbracht haben, ist es dann passiert. Sie hatten gegessen, hatten sich geliebt und danach muss es eine Szene im Bad gegeben haben, wo Hollerbach mit dem mitgebrachten Fön die Helmholtz in der Badewanne getötet hat. Inwieweit Petersen davon wusste, können wir nicht mit Bestimmtheit sagen. Auch, ob der Unfall von Petersen mit der Betrugstat und dem Mord zusammenhängt, wissen wir noch nicht."

Sven fühlt sich erschlagen. Was ihm der Beamte da erzählt hat, kann er erst nach und nach begreifen. Ihm fehlen die Worte. Viel bleibt ohnehin nicht mehr zu sagen.

„Es tut uns leid, Herr Hoffmann. Aber der Fall ist von uns aus geklärt."

Noch lange sitzt Sven in seinem Büro und versucht, seine Gedanken zu ordnen.

Ende und Anfang

Längst haben die Kriminalbeamten die Firma wieder verlassen. Aber Sven fällt es nicht leicht, Kristina Bendix die Geschichte der Chantal Helmholtz zu erzählen. Er geht in ihr Büro, setzt sich ihr gegenüber an den Schreibtisch.

„Es war alles ein wenig viel, in der kurzen Zeit, die Sie jetzt bei uns sind. Damit haben Sie sicher nicht gerechnet", beginnt er das Gespräch.

Kristina weiß nicht, wovon er eigentlich spricht. ‚Will er ihr nicht erzählen, was mit ihrer Vorgängerin nun tatsächlich passiert ist? Gibt es dafür einen Grund?'

Doch Sven merkt, er ist drauf und dran, einen Fehler zu machen. Er darf sich jetzt nicht gehen lassen, auch wenn er selbst die Vorgänge noch nicht verarbeitet hat. Auch ihn hat das letzte halbe Jahr in Trab gehalten.

Wenig später kennt Kristina die Geschichte. Sie nimmt sie zur Kenntnis, wie sie sich einen Film ansieht. Der Film ist zu Ende. Jedenfalls dieser Film.

Ihr Job wird weiter gehen. Und sie hat das Gefühl, dass es nicht langweiliger wird. Im Gegenteil.

Kristina ist auf alles vorbereitet.

Was Sven ihr erzählt hat, bestärkt sie: Jetzt wird es erst richtig spannend.

E Workshop

Mitarbeiterführung 1

Innere Kündigung: Signale und Ursachen

Woran erkennt man eine innere Kündigung?

- Entscheidungen, z. B. vom Vorgesetzten/Chef werden kommentarlos hingenommen.
- Bei (angekündigten oder vollzogenen) Eingriffen in den Tätigkeitsbereich wird nicht reagiert.
- Sehr schnelles, nicht nachvollziehbares Einlenken bei Auseinandersetzungen.
- „Negative" Körpersprache, z. B. mürrischer Gesichtsausdruck, Leidensmiene, fehlender Augenkontakt u. Ä.
- Initiativen werden nicht mehr gestartet.
- Leistung wird reduziert, Kompetenzen nicht mehr wahrgenommen.
- Fehlzeiten nehmen zu.
- Rück- und Weiterdelegation nimmt zu.

Welche Ursachen führen zur inneren Kündigung?

Fehlerhaftes Verhalten von Vorgesetzten gegenüber Mitarbeitern

- Keine Einbeziehung in den Entscheidungsprozess
- Plötzliche Änderung von Aufgaben, Geschäftsprozessen, Kompetenzen

- Ständige Eingriffe in den Tätigkeits- und Verantwortungsbereich der Mitarbeiter oder Aufheben von Entscheidungen ohne ausreichende Begründung
- Übersteigerte Kontrolle (Misstrauen)
- Antreiben zur Arbeit
- Erfolge sind ausschließlich „Chef-Sache“
- Fehlentscheidungen werden auf Mitarbeiter abgewälzt
- Fehlen von Kritik und Anerkennung bzw. verletzende Beurteilung (z. B. Manöverkritik vor anderen) oder Bevorzugung einzelner
- Zu wenig Kompetenzen, aber hohe Verantwortung
- Mangelndes Verständnis gegenüber persönlichen Problemen (z. B. bei Anpassungsschwierigkeiten in einem neuen Arbeitsverhältnis)
- Willkür, Schikane und Launenhaftigkeit (z. B. das Übertragen von Aufgaben, die sich in der dafür vorgesehenen Zeit, an den hohen Ansprüchen der Führungskraft gemessen, nicht zur Zufriedenheit verrichten lassen oder das Erteilen ständig wechselnder Arbeitsaufträge)

Persönlichkeitsstruktur des Mitarbeiters

- Überdurchschnittlich ausgeprägter Pessimismus
- Zukunftsangst
- Neigung zur inneren Emigration
- Wenig Selbstvertrauen
- Vorbehalte in Bezug auf Änderungen
- Kontaktarmut im Betrieb und im Privatleben

Bewerbung und Einstellung

Mitarbeitersuche

Checkliste: Inhaltspunkte einer Stellenanzeige	
Unternehmensaussage	
Name des Unternehmens	❑
Standort und Zweigstellen	❑
Branche	❑
Logo	❑
Größe	❑
Mitarbeiterzahl	❑
Unternehmensphilosophie und Profil	❑
Ansprechpartner (für Rückfragen, z. B. Angabe der Telefonnummer oder des E-Mail-Accounts)	❑
Adresse für eingehende Bewerbungen (bei Wunsch nach Online-Bewerbungen: entsprechende E-Mail-Adresse nicht vergessen)	❑
Stellenbeschreibung	
Grund für zu besetzende Stelle (z. B. Expansion des Unternehmens, Nachfolge)	❑
Tätigkeitsbeschreibung und Verantwortungsumfang	❑
Entwicklungschancen	❑

Anforderungsprofil	
Berufsbezeichnung	❑
Ausbildung und Werdegang	❑
erworbene Kenntnisse und Berufserfahrung	❑
Fähigkeiten	❑
persönliche Eigenschaften	❑
Leistungskatalog	
Tarif- bzw. Gehaltsaussage	❑
Zuschüsse und Sozialleistungen	❑
Arbeitszeiten (z. B. Möglichkeit von Teilzeitarbeit)	❑
Umzugshilfe (z. B. in Form von Wohnungsvermittlung)	❑
Einzureichende Unterlagen (Form und Umfang)	
nur in Schriftform oder auch per E-Mail	
Anschreiben	❑
Lebenslauf (handgeschrieben und/oder tabellarisch)	❑
Zeugnisse und Referenzen	❑
Lichtbild	❑
persönliche Erwartung	❑
Gehaltsvorstellung	❑

Aufgabenprofil im Wandel: Von der Sekretärin zur Assistentin/Office-Managerin	
Sekretärin	**Assistentin/Office-Managerin**
■ Vorherrschende Trennung der Aufgaben von Chef und Sekretärin	■ Kernaufgaben bleiben getrennt, viele Einzelaufgaben gehen jedoch ineinander über
■ Arbeit auf Anweisung	■ Zunehmend eigenverantwortliche und selbstständige Aufgabenerledigung
■ Beschränkung auf „niedrige Sekretariatsarbeiten", z. B. Korrespondenz, Statistiken erstellen	■ Erfüllung weiter gefasster Managementaufgaben, z. B. Übernahme von Projekt- und Controllingaufgaben
■ Ausschließliche Zuarbeit für den Vorgesetzten/Chef	■ Möglichkeit, Aufgaben im Auftrag zu delegieren
■ Abarbeiten von Aufgaben	■ Vorausschauendes kreatives Arbeiten (z. B. Einbringen von Vorschlägen oder Verbesserungen)
■ Wenig Weiterbildung nur „auf Befehl"	■ Weiterbildung wird von Firma/Chef gefördert

Bewerberauswahl

Organisation der Bewerberauswahl

- Sammeln der Bewerbungen
- Anforderungsprofil erstellen
- Abgleich der Bewerber mit dem Anforderungsprofil
- Bestenliste (Bewerber in Rangfolge bringen)
- Zwischenbescheide versenden, wenn sich die Bewerberauswahl über einen längeren Zeitraum hinzieht
- Einladungen verschicken: eventuell Vorstellungstermine fixieren und mitteilen
- Keine vorschnellen Festlegungen auf einen Bewerber, sondern das Bewerberauswahlverfahren zu Ende führen
- Bestimmung eines angemessenen Bewerberauswahlverfahrens (Einzelgespräche, Assessment Center, Probeaufgaben, Tests, etc.)
- Festlegen, wer die Vorauswahl trifft
- Auswahl der Gesprächspartner
- Festlegen des Bewertungsmaßstabs und des Auswahlgremiums
- Ärztliche Eignungstests
- Entscheidungszeitpunkt festlegen und kommunizieren
- Zusage- und Absagebescheide versenden (Absagen erst mit zeitlicher Verzögerung)
- Erfolgskontrolle des Bewerbungsverfahrens (Kosten, Zahl der Bewerber, Erfolgsquote)
- Ablage bzw. Archivierung der Bewerbungskampagne

Zeugnisformulierungen richtig interpretieren	
■ Ihre/Seine Leistungen haben in jeder Hinsicht unsere volle Anerkennung gefunden	außergewöhnlich erfolgreich
■ Waren mit ihren/seinen Leistungen in jeder Hinsicht außerordentlich zufrieden	außergewöhnlich erfolgreich
■ Aufgaben stets zu unserer vollsten Zufriedenheit erledigt	sehr gut
■ In bester Weise entsprochen	ziemlich gut
■ In jeder Hinsicht und in bester Weise entsprochen	gut
■ Aufgaben stets zu unserer vollen Zufriedenheit erledigt	gut
■ In jeder Hinsicht und in allerbester Weise entsprochen	gut
■ In jeder Hinsicht entsprochen	befriedigend
■ Aufgaben zu unserer Zufriedenheit erledigt	ausreichend
■ Aufgaben im Großen und Ganzen zu unserer Zufriedenheit erledigt	mangelhaft
■ Hat sich mit großem Eifer an diese Aufgabe gemacht und war erfolgreich	mangelhafte Leistung
■ Bemüht, Aufgaben zur Zufriedenheit zu erledigen	unzureichend
■ Erledigte die ihr/ihm übertragenen Arbeiten mit Fleiß und war stets bestrebt, sie termingerecht zu beenden	unzureichende Leistung

■ Erledigte die Arbeiten mit großem Fleiß	eifrig, aber nicht besonders erfolgreich
■ Hat sich im Rahmen ihrer/seiner Fähigkeiten eingesetzt	getan, was sie/er konnte, nicht viel
■ Unseren Erwartungen entsprochen	schlecht
■ Immer mit Interesse bei der Sache	angestrengt, Leistung mäßig
■ Zeigte für ihre/seine Arbeit Verständnis	war faul
■ Bemüht, ihren/seinen Aufgaben gerecht zu werden	guter Wille, mehr aber nicht, ungenügend
■ Bemühte sich, den Anforderungen gerecht zu werden	versagt
■ Bemühte sich mit großem Fleiß, die ihr/ihm übertragenen Aufgaben zur Zufriedenheit zu erfüllen	hat versagt
■ Alle Arbeiten ordnungsgemäß erledigt	Bürokrat
■ Unter den Kollegen galt sie/er als tolerant	für Vorgesetzte schwierig
■ Umgängliche(r) Kollegin/Kollege	nicht besonders beliebt
■ Mit Vorgesetzten gut zurechtgekommen	Mitläufer, Anpasser
■ Sehr tüchtig und wusste sich gut zu verkaufen	unangenehmer Mitarbeiter

■ Im gegenseitigen Einvernehmen getrennt	Arbeitgeberkündigung
■ Ihre/Seine Geselligkeit trug zur Verbesserung des Betriebsklimas bei	neigt zu übertriebenem Alkoholgenuss

Vorstellungsgespräch: Vorbereitung

Fragen an den Bewerber

- Warum haben Sie sich bei uns beworben?
- Was wissen Sie über unser Unternehmen?
- Wie sieht Ihre derzeitige Tätigkeit aus?
- Sind Sie mit Ihrer derzeitigen Tätigkeit zufrieden?
- Warum wollen Sie sich beruflich verändern?
- Was erwarten Sie sich von der Tätigkeit bei uns?
- Was hat Ihnen in der Schulzeit am meisten Spaß gemacht?
- Was haben Sie an Praktika oder Zusatzausbildungen absolviert?
- Wie sieht zurzeit Ihr durchschnittlicher Arbeitstag aus?
- Was gefällt Ihnen dabei, was nicht?
- Wie stellen Sie sich die Tätigkeit bei uns vor?
- Wo liegen Ihre größten Stärken, wo Ihre Schwächen?
- Was machen Sie in der Freizeit?
- Wie war Ihre bisherige Gehaltsentwicklung, wie sehen Ihre Gehaltswünsche aus?

Fragen des Bewerbers an das Unternehmen

Gute Fragen des Bewerbers qualifizieren ihn positiv

- Wo liegen die Schwerpunkte in Ihrem Unternehmen? Welche Strategie wird verfolgt?
- Wie ist das soziale Umfeld (Altersstruktur, Betriebsklima)?
- Mit welchen Mitarbeitern habe ich es vor allem zu tun?
- Wie ist die technische Ausstattung?
- Welche Entwicklungschancen, Perspektiven habe ich?
- Gibt es eine betriebliche Altersversorgung oder sonstige betriebliche Zusatzleistungen?

Verhalten und Kleidung

- Der Bewerber erscheint pünktlich.
- Der erste Eindruck ist besonders wichtig: Deshalb kommt es auf eine höfliche und lockere Begrüßung an.
- Selbstbewusstsein, nicht übertriebene Zurückhaltung ist gefragt.
- Einfache Höflichkeitsregeln und Umgangsformen beachten.
- Gespräch rechtzeitig beenden.
- Möglichst strukturiert geführte Unterhaltung pflegen.
- Kleidung sollte der Position angemessen sein.
- Keine extremen Kleidungsstücke wählen, z. B. sollten diese weder sehr eng (Hosen, Pulli), sehr kurz (Röcke), sehr lang (Röcke, Absätze) sein oder sehr auffällige Materialien bzw. grelle Farben haben.

Assistentin: Anforderungsprofil

Erfahrungen, Kenntnisse, Kompetenzen	
Allgemeine Erwartungshaltung der Führungskraft:	
Erfahrung aus ähnlichen Aufgaben vorhanden?	❑
Bewerbungsunterlagen perfekt erstellt?	❑
Stimmt der Sympathiewert?	❑
Anforderungen	
Fachkompetenz:	
Umgang mit moderner Bürotechnik, z. B. Office-Programme (Word, Excel, PowerPoint, Access) oder Internet	❑
Kommunikative Fähigkeiten, z. B. sprachliche Gewandtheit, Umgang am Telefon, Gesprächsführung	❑
Beherrschung der neuen Rechtschreibung und der neuen Standards der schriftlichen und mündlichen Kommunikation	❑
Branchenkenntnisse	❑
Personalwesen und Arbeitsrecht	❑
Betriebswirtschaftliche Grundkenntnisse	❑
Veranstaltungsmanagement	❑
Sonstiges (Fremdsprachenkenntnisse, Schulungen, etc.)	❑

Methodenkompetenz:	
Zeit- und Selbstmanagement (Gestaltung des Arbeitsablaufs im Chefbüro und im Sekretariat)	❑
Präsentationsmanagement	❑
Projektmanagement	❑
Problemlösungsfähigkeit	❑
Gedächtnis- und Konzentrationsleistung	❑
Soziale Kompetenz:	
Führungsautorität in Form von Fach- und persönlicher Autorität, z. B. zur Steuerung von Gruppenprozessen	❑
Kontaktstärke	❑
Emotionale Intelligenz	❑
Belastbarkeit in Form von Stressbewältigung	❑
Persönliche Eigenschaften und Sonstiges:	
Positive Grundhaltung	❑
Erscheinungsbild, Auftreten	❑
Engagement für das Unternehmen	❑
Freundlichkeit	❑
Einsatzfreude	❑
Alter	❑

Büroknigge 1

Pünktlichkeit

Pünktlichkeit ist die Höflichkeit der Könige

Wer pünktlich ist, wird als verlässlich eingeschätzt. Einige Tipps um pünktlich sein zu können:

- Planen Sie nicht auf den letzten Drücker.
- Überlegen Sie auch Alternativen für die Anreise.
- Nehmen Sie lieber ein(en) Zug/Bus/Flugzeug früher.
- Gehen Sie in unmittelbarer Nähe Ihres Ziels noch etwas spazieren oder einen Kaffee trinken.
- Ordnen Sie Ihre Gedanken vor dem Termin.

Was tun bei Verspätung?

- Anrufen und Verspätung begründen, z. B. aufgrund eines unvorhergesehenen Verkehrsstaus etc.
- Bei der Ankunft kurz für die Verspätung entschuldigen und bei diesem Punkt nicht unnötig lange verweilen, damit er nicht noch mehr Gewicht bekommt.
- Ruhe bewahren, die Zeit für die Vorbereitung nutzen, nicht hektisch reagieren, sich auch nicht nervös machen lassen.
- Wenn Sie dennoch unruhig werden – zur eigenen Schwäche stehen: Selbst wenn sich das durch feuchte Hände äußert, gehen Sie damit souverän um. Gefühle sind menschlich. Und Menschlichkeit ist ein hoher Wert.

Per Sie oder per Du?

Grundregeln im privaten und geschäftlichen Bereich

- Im Privatleben ist es egal, wer wem das Du anbietet. Weder Geschlecht noch geringe Altersunterschiede spielen eine Rolle.
- Dennoch gilt grundsätzlich: Der Ältere bietet dem Jüngeren, die Dame dem Herrn das Du an.
- Im geschäftlichen Bereich kommt es zudem auf die Hierarchie an. Der Höhergestellte bietet dem auf der niedrigeren Hierarchiestufe Stehenden das Du an.
- Auch im Verhältnis zu Damen und Herren aus anderen Firmen beziehungsweise Institutionen gelten diese Regeln.

Wenn der Chef das Du anbietet

- Wenn es in der Firma üblich ist, dann sollten Sie es sich gut überlegen, sich auszuschließen. Eventuell passen Sie dann nicht so gut in das Unternehmen.
- Wenn Sie aber dennoch auf keinen Fall dem Du zustimmen möchten, dann formulieren Sie Ihre Ablehnung sympathisch und bestimmt, z. B. „Es könnte dadurch auch zu Missverständnissen kommen“.
- Es gibt aber auch Zwischenlösungen: Sie einigen sich auf den Vornamen und bleiben beim Sie.

Wenn die Kollegen das Du anbieten

- Wenn eine ganze Abteilung oder eine Firma sich duzt, dann sollten Sie sich nicht dagegen sperren. Sonst stehen Sie gleich zu Beginn im Abseits.
- Wenn einzelne Kollegen das Du anbieten, dann können Sie individuell entscheiden.
- Lassen Sie sich nicht überrumpeln, z. B. bei Betriebsfesten etc.
- Bedenken Sie in jedem Fall die Konsequenzen für den geschäftlichen Ablauf. Das Du schafft eine persönliche Nähe, die im geschäftlichen Nebeneinander nicht immer sinnvoll ist.
- Wenn Sie das Du generell ablehnen, bleiben Sie dabei und formulieren Sie Ihre Ablehnung freundlich.

Mitarbeiterführung 2

Einführung neuer Mitarbeiter

Häufige Fehler beim Start

- Der Vorgesetzte/Chef nimmt sich keine Zeit für die
  - Einführung,
  - Einarbeitung,
  - Kompetenzregelung und
  - Koordination.
- Jeder Betrieb läuft anders. Deshalb muss auch eine souveräne und erfahrene Kraft an die neue Aufgabe herangeführt werden.
- Es existiert kein Einarbeitungsplan bzw. ein Einarbeitungsprogramm.

Checkliste: Einführung neuer Mitarbeiter

Einarbeitungsplan erstellen: Darin wird u. a. geregelt, wer die Einarbeitung vornimmt; eine Abstimmung mit allen Beteiligten im Betrieb ist notwendig.	❑
Einarbeitungsprogramm erstellen: Konkrete Maßnahmen zur Mitarbeitereinführung auflisten.	❑

Begrüßung und erstes Gespräch mit dem Personalleiter oder dem Fachvorgesetzten: ■ Informationen zum Unternehmen (u. a. zu Gleitzeiten, Betreten der Diensträume außerhalb der Dienstzeit) und zur Einarbeitung werden erteilt ■ Übergabe der grundsätzlich wichtigen Unterlagen (z. B. Betriebsvereinbarungen) ■ nochmalige Erläuterung der Hauptaufgaben	❑
Vorstellung des neuen Mitarbeiters: ■ zunächst den unmittelbaren Kollegen ■ dann den mittelbaren (v. a. auch Vorstellung des Betriebsrats und anderer wichtiger Ansprechpartner)	❑
Betriebsbesichtigung und Vorstellung der Räumlichkeiten: ■ Arbeitsplatz und Arbeitsumgebung ■ Parkmöglichkeiten ■ Kopierraum ■ schwarzes Brett ■ Küche, WC etc.	❑
Einführung in die Aufbau- und Ablauforganisation im Zusammenhang mit der zu übernehmenden Stelle.	❑
Kontrolle nicht vergessen: Integrationsfortschritt und Einarbeitungsstand ermitteln.	❑
Wichtig: Ein ständiger persönlicher Kontakt zu neuen Mitarbeitern ist besonders zu beachten.	❑

Organisation 1

Chefentlastung

Routine-Aufgaben

Telefon:

Stellen Sie nicht jeden Anrufer zu Ihrem Vorgesetzten durch, sondern filtern Sie diese:

- Wer seinen Namen partout nicht nennen möchte, hat bei Ihnen keine Chance, auch wenn er sich selbst noch so wichtig nimmt, und nur mit Ihrem Chef sprechen möchte. Dann ist es einfach nicht wirklich wichtig. Da gibt es keine weitere Diskussion.
- Fragen Sie, um welche Angelegenheit es sich handelt, vielleicht können Sie ja weiterhelfen. Aber bitte nicht das wenig freundliche „Worum geht es?“. Und wenn Sie tatsächlich weiterhelfen können, so vermeiden Sie die Floskel „Das können Sie auch mit mir besprechen“, denn der Anrufer empfindet Sie womöglich als zweite Wahl. Wesentlich kompetenter klingt hingegen: „In dieser Angelegenheit bin ich die richtige Ansprechpartnerin!“. Wer mag da noch widersprechen?
- Klären Sie mit Ihrem Vorgesetzten vorab, ob dieser mit Versicherungsmaklern, Marktforschungsinstituten etc. telefonieren möchte oder nicht. Dann müssen Sie nicht stets aufs Neue nachfragen. Sie könnten sich stattdessen z. B. Prospektmaterial schicken lassen, das auf Bedarf gesichtet werden kann.

- Eine Zusatzinformation auf einer Telefonnotiz für einen Rückruf könnte neben den üblichen Angaben auch die Verfassung des Anrufers wiedergeben, z. B. wenn dieser etwas verstimmt war. Ihr Chef kann sich dann optimal auf das Gespräch einstellen.

Post:

- Bearbeiten Sie Post, die Ihre Chefin/ Ihr Chef nicht sehen muss, gleich selbst. Sie können dann immer noch Kopien beilegen.
- Arbeiten Sie mit einer Postmappe, worin Sie ähnlich der Unterschriftenmappe die Tagespost sortiert nach Themen- und Prioritätsbereichen einlegen können.
- Organisieren Sie für Rücksprachevermerke der Führungskraft einen Stempel, sodass handschriftliche Notizen nicht notwendig sind.
- Markieren Sie wichtige Stellen (natürlich nicht in Dokumenten!) und legen Sie eventuell wichtige Papiere zur Beurteilung gleich bei.
- Besprechen Sie die Tagespost bei der Vorlage und nehmen Sie die Vorgänge, die von Ihnen bearbeitet werden sollen auch gleich wieder mit.
- Ist Ihr Chef ein Chaot? Verlegt er z. B. ständig wichtige Schreiben? Dann haben Sie es sicher nicht leicht. Doch was tun? Umerziehen können Sie ihn jedenfalls nicht. Aber lernen, damit umzugehen. Das funktioniert und erleichtert beiden die Arbeit. Geben Sie Ihrem Chef z. B. nicht die Originale sondern nur Kopien. Der kleine Zeitaufwand lohnt sich mitunter. Man weiß ja nie.

Zeitschriften:

- Lesen Sie die Zeitschriften Ihres Chefs und markieren Sie wichtige Berichte. Dadurch erlangen Sie auch das notwendige Branchenfachwissen.
- Überprüfen Sie, ob sich Ihr Chef tatsächlich für die abonnierten Zeitschriften interessiert. Vielleicht können Sie ihn vom Verteiler streichen, oder die Zeitschrift ganz abbestellen, und damit auch noch Kosten sparen?

Delegieren von Aufgaben:

- Sprechen Sie Ihren überlasteten Chef darauf an, ob nicht vielleicht Aufgaben delegiert werden könnten, z. B. an andere Abteilungen, Mitarbeiter oder eben an Sie. Überhaupt: Kommunizieren Sie mit Ihrem Chef, machen Sie Vorschläge, fragen Sie konkret nach, wo es hakt.

E-Mail-Management

Tipps für das papierlose Büro

- E-Mails nur ein- bis zweimal am Tag abrufen und gleich bearbeiten! Wenn Sie im Zeitdruck sind, die restlichen E-Mails in einem angelegten Ordner verwahren.
- Gelesene E-Mails ablegen oder löschen
- Ausgedruckte Nachrichten löschen
- Leistungsfähige E-Mail-Programme nutzen. Übersteigt Ihr E-Mail-Aufkommen die stattliche Zahl von fünfzig am Tag, so benötigen Sie eine professionelle Lösung für das Sortieren der eingegangenen Post. Damit lassen sich beliebig viele Ordner anlegen.
- Sie sichten die E-Mails Ihres Chefs und entscheiden, was er noch sehen muss, und was nicht. Ganz einfach, aber wirkungsvoll!

Postbearbeitung

Tagespost effektiv bewältigen

- Eingangsstempel verwenden, darin Verteilervermerke anbringen und gleichfalls einen Stempel für Rücksprachevermerke Ihrer Führungskraft organisieren
- gut funktionierendes Wiedervorlage- und Ablagesystem pflegen
- wichtige Termine und Bemerkungen notieren
- wichtige Passagen markieren
- vorhandene Vorgänge gleich beifügen
- Aussortieren zunächst von Unwichtigem und insgesamt Sortieren zuerst nach Dringlichkeit, dann nach Sachbezogenheit. Dazu Verwenden einer Postmappe mit beschrifteten Reitern
- Besprechung der Postmappe gleich bei der Vorlage, Ihre Arbeiten nehmen Sie dann sofort wieder mit
- Bearbeiten Sie Eingangspost selbstständig. Nicht alles muss Ihre Führungskraft zuvor sehen, eine Kopie Ihrer Erledigungen können Sie jedoch als Nachweis später vorlegen

Management und Öffentlichkeitsarbeit 1

Krisenmanagement

Umgang mit Krisen

1. Aktivitäten im Vorfeld helfen in der Krise

- Öffentlichkeitsarbeit: Krisen können durch eine gute Öffentlichkeitsarbeit schon im Vorfeld weitestgehend vermieden werden. Anbieten würde sich z. B. auf der Homepage des Unternehmens gezielt Informationen über Inhaltsstoffe, Verarbeitungsprozesse und andere verbraucherrelevante Angaben zu liefern, bevor Spekulationen losgetreten werden. Denn: Medienscheue Unternehmen werden von der Öffentlichkeit auch entsprechend argwöhnisch behandelt.
- Bildung eines Krisenstabs, der sich regelmäßig über mögliche Krisensituationen bespricht
- Adressdatei für Medien archivieren

2. Im Krisenfall Ruhe bewahren

- Krisenstab einberufen (ständige Erreichbarkeit sicherstellen)
- Katastrophenplan vorbereiten
- Alle Handlungsmöglichkeiten prüfen
- Presseinformation und Dokumentation vorbereiten
- Krisenmanagement ist Chefsache
- **Wichtig bei Medienanfragen:** Keine vorschnellen Statements abgeben, sondern – wenn noch nicht geschehen – erst mit dem Krisenstab beraten und einheitliche, sowie abgesicherte Sprachregelung finden!

Tipp: Erfolgreiches Dementieren bei öffentlichkeitswirksamen Gerüchten

Grundsätzlich gilt:

1. Nachprüfbare Fakten überzeugen!
2. Dementi von Dritten sind i. d. R. besonders vertrauenswürdig!
3. Aber: Je häufiger bereits dementiert wurde, desto weniger glaubwürdig sind Dementi!

Tipps:

- Namen prominenter Persönlichkeiten oder Dokumente unabhängiger Institute erhöhen die Glaubwürdigkeit.
- Nachrichtensendungen: Berichte im Rundfunk oder im Fernsehen wirken besonders glaubwürdig.
- Zeitungen: Bei Darstellungen in Zeitungen besteht grundsätzlich die Gefahr, dass durch Kürzungen oder Zusätze Sinnentstellungen auftreten. Hinweis: Interview, das vor Druck nochmals zur Korrektur vorgelegt wird!
- Anzeigen: Fakten und Namen müssen enthalten sein, sowie rechtliche Schritte angedroht werden, sollten verleumderische Behauptungen weiterhin auftreten. Ist dies der Fall, so sind Anzeigen durchaus wirkungsvoll.
- Gegendarstellungen bergen die Gefahr, dass Behauptung und Gegenbehauptung sich aufheben und tragen so mitunter eher zur Verunsicherung der Leser bei.

Pressekonferenzen richtig vorbereiten

Checkliste: Pressekonferenz

Planung

Themen, Anliegen und Kernaussagen festlegen	❑
Redner und Moderator bestimmen	❑
Ablauf festlegen	❑
Pressemappen, Presseerklärung	❑
Termin festsetzen	❑
Ort bestimmen	❑

Organisatorisches

Anzahl der erwarteten Teilnehmer	❑
Ausschilderung des Konferenzraums innerhalb des Gebäudes	❑
Konferenzraum:	❑
– Bestuhlung	
– Licht	
– Präsentationstechnik	
– Zugang zu Stromquellen	
Verpflegung, Parken, Garderobe, Toiletten	❑
Namensschilder	❑
Anwesenheitsliste	❑

Pressemappen: Inhalt und Gestaltung

Inhalt:

1. Themenspezifische Materialien
   - Texte der verschiedenen Stellungnahmen
   - ggf. Fotos
2. Selbstdarstellung des Unternehmens
   - Standardtexte über das Unternehmen (stets aktualisieren!)
   - ggf. Fotos

Gestaltung:

1. Deckblatt
   - Absenderangabe
   - Inhaltshinweis mit „Information“
2. Insgesamt
   - Schneller Zugriff auf eingelegte Informationen muss möglich sein
   - Unterlagen dürfen nicht herausfallen
   - beigelegte Visitenkarte des Ansprechpartners mit Anschrift, Telefon- und Telefaxnummer sowie E-Mail-Adresse

Organisation 2

Störfaktorenbeseitigung

Tipp: Mögliche Störfaktoren im Büro und deren Beseitigung

- **Hunger:** Essen Sie ruhig, am besten stets frisches Obst bereithalten.
- **Aufschiebetaktik:** Forschen Sie nach den genauen Ursachen. Liegt es an Ihnen, an der fehlenden Konzentration, an einer mangelnden Selbstorganisation oder schlicht an Bummelei? Setzen Sie in diesem Fall unbedingt Prioritäten und üben Sie sich in Selbstdisziplin.
- **Baustellenlärm:** Die Pausen der Bauarbeiter für Tätigkeiten nutzen, die Ihre vollste Konzentration fordern. Und natürlich gelassen bleiben, versuchen, die Geräusche zu überhören und sich nicht hineinzusteigern
- **Aktenvernichter:** Ein Aktenvernichter, v. a. wenn er laut ist, hat in Ihrem Büro absolut nichts zu suchen.
- **Kopierer:** Ein Kopiergerät sollte zwar in Reichweite stehen, aber nicht zu Lärmbelästigungen führen. Daneben fördert ein Kopierer nicht gerade eine gesunde Raumluft. Eine Lösung ist da nicht immer einfach, vor allem in kleineren Unternehmen. Trotzdem: Wie wäre es mit einem Kopierraum?
- **Unterhaltungen oder laute Telefongespräche:** Türe schließen und diesen Schritt kurz und sachlich den Kollegen erläutern; auch zum Chefbüro hin lässt sich die Verbindungstüre hin und wieder schließen, dies sollte allerdings vorab mit dem Chef besprochen werden.

- **Telefon:** Dauerstress am Telefon, der Ihre ganze Aufmerksamkeit erfordert, muss nicht sein. In diesem Fall sollte das Telefon in Absprache zu bestimmten Zeiten auf eine Person umgestellt werden können, damit Sie dann den Kopf frei haben für ein konzentriertes Arbeiten, notfalls, wenn Sie fast auf sich allein gestellt sind, wäre auch ein Anrufbeantworter zu empfehlen, den Sie für einen gewissen Zeitraum einschalten können. Bei einer Voice-Mail, sollte der Anrufer wissen, wann Sie wieder erreichbar sind. Für Kollegen Sprechstundenzeiten einrichten, dieses Vorgehen allerdings erläutern. Bei vielen Telefonen lässt sich das Klingeln so einstellen, dass bei einem Anruf nur das erste Klingelzeichen zu hören ist. Dies wirkt weniger störend, als Dauerklingeln, während Sie z. B. gerade am zweiten Apparat ein wichtiges Gespräch führen. Eingehende interne Gespräche können Sie über eine Anrufliste auch nachträglich angehen. Und zu guter Letzt: Sie wissen selbst am besten, wann besonders viel los ist. Für diese Zeit sollten sie daher auch keine Arbeiten einplanen, die Sie völlig in Beschlag nehmen.
- **Sie können jemanden nicht riechen, fühlen sich durch das Auftreten eines bestimmten Mitarbeiters gestresst?** Eine genaue Analyse ist in diesem Fall unerlässlich, um den Störfaktor sensibel und gleichermaßen effektiv beheben zu können.
- **Tratschtreffen und Raucherpausen in Ihrem Büro:** Überlegen Sie einmal selbst, ob Sie nicht zu regelmäßigen Tratschtreffen oder Raucherpausen in Ihrem Büro geradezu einladen, indem Sie z. B. Leckereien oder einen Aschenbecher an Ihrem Platz bereitstellen. Sicher ist dies der falsche Ort für Plaudereien, dafür gibt es einen Aufenthaltsraum oder eine Teeküche. Auch Postablagekörbchen der Mitarbeiter haben in Ihrem Büro nichts zu suchen, denn oft schauen

die Kollegen öfter mal vorbei und erkundigen sich nach Post. Ein Eingangskorb für jeden Mitarbeiter an seinem Schreibtisch oder die Aufstellung der Postkörbchen auf dem Gang wäre eine Alternative.

- **Faxgerät:** Gerade wenn das Faxgerät in Ihrem Büro steht, kann es einen häufig unterschätzten Störfaktor darstellen. Es nervt oder lenkt zumindest von der Arbeit ab, wenn stets aufs Neue erklärt werden muss, wie beispielsweise das Papier einzulegen ist oder dass noch keine Antwort eingetroffen ist. Abhilfe verschafft z. B. eine in unmittelbarer Nähe angebrachte Gebrauchsanweisung, auf die Sie im Notfall hinweisen können. Eingegangene Faxe werden von Ihnen ins jeweilige Postfach gelegt.
- **Chefverhalten:** Was tun bei einem sehr spontanen und willkürlichen Arbeitsstil Ihres Chefs, z. B. wenn Arbeitsaufträge ständig wegen neuer Ideen unterbrochen werden müssen? Reden Sie mit Ihm über die Arbeitsorganisation und erläutern Sie, dass Sie dafür zwar Verständnis haben, dass aber sein eigener Ablauf durch die Unterbrechung sehr leidet. Zu delegierende Aufgaben könnten z. B. in einem Ablagekasten verwahrt werden, den Sie mehrmals täglich leeren. Außerdem könnten feste Rücksprachemöglichkeiten eingerichtet werden. Hilft das nicht, so erwähnen Sie, dass dadurch Ihre Arbeit nicht nur erleichtert wird, sondern auch schneller und zuverlässiger erfolgen kann.
- **Allgemeiner Termin- und Aufgabendruck:** Nach Ursachen und Gründen forschen und dann eine gezielte Aufgaben- und Zeitplanung festlegen oder einfach mal Nein sagen können.

Mitarbeiterführung 3

Delegieren I

Fragen an den Chef: Was kann delegiert werden?

Welche Aufgaben sind delegierbar?

- **Routineaufgaben:** Fragen Sie sich also, welche Ihrer Tätigkeiten reine Routine sind und an andere Mitarbeiter, z. B. an Ihre Assistentin delegiert werden können.
- **Detail-Aufgaben:** Verlieren Sie sich oft in Details und laufen Sie Gefahr sich zu verzetteln? Sie müssen beispielsweise ja nicht selbst die Zeitschriften sichten und wichtige Artikel fürs Firmenarchiv ausschneiden. Das kann und sollte jemand anderer übernehmen.
- **Spezialisten-Aufgaben:** Haben Sie einen Marketing- oder Vertriebsleiter? Sicher kennen sich die und andere Abteilungsleiter in ihren jeweiligen Fachbereichen besser aus als Sie. Es sind schließlich Ihre Experten und die können Ihnen zumindest wertvolle Zuarbeit für anstehende größere Entscheidungen leisten, um Sie effektiv und professionell zu entlasten.

Welche Aufgaben sind nicht delegierbar?

- Tätigkeiten, die dem Beeinflussen auf ein festes Ziel hin dienen (z. B. Motivation von Mitarbeitern)
- Tätigkeiten, die dem Herbeiführen bzw. Aufrechterhalten von Gruppen dienen (z. B. Mitarbeiterauswahl)

Delegieren II

Situatives Führen ermöglicht mehr Delegation

Was heißt situatives Führen?

Situatives Führen bedeutet, auf die Kompetenz und Leistungsbereitschaft einzelner Mitarbeiter den jeweils passenden Führungsstil abzustimmen, um den Mitarbeiter schrittweise bis hin zur Delegation von Aufgaben zu führen:

- **Lenken:** Niedrige Kompetenz und hohes Engagement eines Mitarbeiters fordern ein klares Strukturieren von Aufgaben, das Kontrollieren und Beaufsichtigen der auszuführenden Tätigkeiten.
- **Anleiten:** Zeigt ein Mitarbeiter Kompetenz, jedoch wenig Engagementbereitschaft, sollten Sie diesen in seiner Arbeit trainieren, indem Sie ihn dirigieren und bei seiner Tätigkeit begleitend unterstützen.
- **Unterstützen:** Einem hohen Kompetenzvermögen bei schwankendem Engagement des Mitarbeiters ist hingegen schon durch ein bloßes Sekundieren effektiv zu begegnen, indem Sie die vorhandene Leistung anerkennen, bereit sind, bei auftretenden Problemen zuzuhören und den Mitarbeiter dann individuell fördern.
- **Delegieren:** Bei einem sowohl hohen Kompetenzgrad als auch einem großen Engagement, sollten Sie den Mut und das Vertrauen haben, Aufgaben zu delegieren, indem Sie dem entsprechend ausgewiesenen Mitarbeiter jetzt die Verantwortung für bestimmte Tätigkeiten übertragen.

Organisation 3

Sitzungen

Checkliste: Sitzungsvorbereitung

Veranstaltungsform definieren

- Veranstaltungsart: Strategie-, Planungssitzung etc. ❑
- Veranstaltungsthema festsetzen ❑

Teilnehmerkreis festsetzen

- Welche Personen sollen daran teilnehmen? ❑
- Wie viele Personen nehmen teil? ❑

Zeitpunkt angeben

- Terminierung vereinbaren ❑
- Dauer festlegen ❑

Veranstaltungsort vorsehen

- Findet die Sitzung intern oder extern statt? ❑
- Sollte eine feste Sitzordnung festgelegt werden? ❑

Veranstaltungsablauf festlegen

- Tagesordnungspunkte definieren ❑
- Referentenliste festlegen ❑

Hilfsmittel angeben

- Vorlagen, technische Hilfsmittel etc., die bereitgestellt werden bzw. vorhanden sein müssen. ❑

Checkliste: Sitzungsnachbereitung

Aufräumen

- Konferenzraum sauber machen ❑
- entliehene Geräte und Hilfsmittel zurückgeben ❑
- Unterlagen sortieren und aufbewahren ❑

Dokumentation

- Protokoll und Notizen nach Bedarf schreiben, versenden/weiterleiten, auswerten ❑
- Überwachen von Ergebnissen und Beschlüssen ❑
- Presseberichte sammeln, auswerten, weiterleiten ❑

Sonstiges

- Dankschreiben und Fotos versenden ❑
- Handkasse abrechnen ❑
- Honorare und Reisekosten abrechnen ❑
- Hotelkosten etc. bezahlen ❑
- Gesamtkosten erstellen ❑

Erfolgskontrolle

- Ergebnisanalyse: ❑
  - Auswertung von Bewertungsbögen?
  - Kostenvergleich: Vergleich mit Ergebnis, Vergleich mit früherer oder ähnlicher Veranstaltung
- Wichtige Adressen aktualisieren: ❑
  - Künstler, die bei der Veranstaltung auftraten (evtl. für Nachfolgeaufträge)
  - Referenten etc.

Protokolle

Was ist bei der Protokollführung zu beachten?

- Zeitform: Präsens (Gegenwartsform)
- Indirekte Rede (Gesagtes): Konjunktiv (Möglichkeitsform)
- Direkte Rede: Äußerungen durch Anführungszeichen kennzeichnen
- Anträge und Beschlüsse: immer wörtlich wiedergeben
- Sie haben etwas nicht verstanden? Sofort nachfragen!
- Ergebnisse: immer Platz für Erledigungsvermerk freilassen
- Verlaufs-Protokolle: Ergebnisse dürfen dem Inhalt vorangestellt oder weiter unten zusammengefasst werden
- Rednerwechsel: deutlich kennzeichnen, wenn diese namentlich aufgeführt werden
- Gliederung: Sind keine Tagesordnungspunkte festgesetzt, dürfen Gliederungsüberschriften gewählt werden
- Stil: Einführungswörter wie „sagt“ vermeiden
- Beweiskraft: Jedes Protokoll muss genehmigt werden. Dies kann z. B. zu Beginn der nächsten Sitzung erfolgen oder durch Versand (Frist einräumen für eventuellen Widerspruch)
- Länge/Ausführlichkeit: auf Wesentliches beschränken, außer im Wort-Protokoll
- Wichtig: Ein Protokoll muss sachlich, wahr und objektiv sein!

Checkliste: Protokollführung	
Bereiten Sie sich auf das Thema vor und fühlen Sie sich als Teilnehmer, um sachgerecht protokollieren zu können.	❑
Liniertes DIN A4-Papier verwenden, wobei links eine Spalte für „Bemerkungen" vorgesehen sein sollte (z. B. für Rednerwechsel)	❑
Sitzspiegel anlegen	❑
unbekannte Redner durch Auffälligkeiten, z. B. fliederfarbene Krawatte, kennzeichnen	❑
Arbeitsunterlagen prüfen:	
■ Tagesordnung	❑
■ Unterlagen laut Tagesordnung	❑
■ Teilnehmerliste	❑
■ Vorherige Vermerke oder Protokolle	❑
■ Einladungsschreiben	❑
■ Sonstige Unterlagen	❑
■ Tonbandaufnahmen sind nur zulässig, falls alle Beteiligten ihr ausdrückliches Einverständnis gegeben haben.	❑
Wo sitzt die Protokollführung?	
■ neben dem Vorsitzenden (falls Sie Fragen haben)	❑
■ möglichst nahe der Tür (falls Sie etwas holen müssen)	❑
■ so, dass Sie von dort alle Teilnehmer gut hören und sehen können	❑
■ so, dass Sie ausreichend Platz zum Schreiben und Ausbreiten der Unterlagen haben	❑

Protokolle: Arten

Wort-Protokolle:

Alles Gesagte, auch Zwischenrufe, werden festgehalten.

Verlaufs-Protokolle:

Der genaue zeitliche Verhandlungsablauf, z. B. das genaue Zustandekommen von Beschlüssen, wird wiedergegeben.

Kurz-Protokolle:

Nur Ergebnisse und die wichtigsten Schritte hin zum Ergebnis werden festgehalten.

Ergebnis-Protokolle:

Nur knapp zusammengefasste Ergebnisse werden festgehalten.

Management und Öffentlichkeitsarbeit 2

Umsetzung eines Veranstaltungskonzepts

Checkliste: Veranstaltungsvorbereitung

Inhaltliche Feinabstimmung

- Referenten-/ Teilnehmerauswahl ❑
- Festlegung und Organisation der Begleitveranstaltungen ❑

Absprachen und Buchungen mit externen Partnern

- Hotels ❑
- Veranstalter (z. B. für Rahmenprogramm) ❑

Einladungen und Tagesordnung

- Bei der Anfertigung der Einladungsschreiben sind einige wichtige inhaltliche Punkte zu beachten:
  - genaue Datumsangabe ❑
  - Beginn und Ende der Veranstaltung ❑
  - Veranstaltungsort ❑
  - Thema und Tagesordnungspunkte ❑
  - namentliche Aufführung der Sitzungsleitung, sowie evtl. auch der einzelnen Teilnehmer ❑
  - erforderliche Mitnahme von Unterlagen oder zu erledigende Vorarbeiten ❑

- – Teilnahmebestätigung ❑
- – evtl. Hinweis über zur Verfügung stehende Redezeit und die vorhandenen technischen Hilfsmittel (z. B. Diaprojektoren) ❑
- – evtl. Hinweis über Gebühren ❑
- – Übernachtungsmöglichkeiten ❑
- – Nebenveranstaltungen ❑
- – Bekleidung ❑
- – Anfahrtsskizze ❑
- – Teilnahmebestätigung (Bis wann?) ❑

- ■ Versand der Einladungsschreiben ❑

Standardmethoden der Ideenfindung

Methoden der Ideenfindung
Brainstorming Von A. F. Osborn Ende der 1930er Jahre entwickelte Technik zur Anregung kreativen Denkens in Gruppendiskussionen. Durch Sammeln von spontanen Einfällen der Mitarbeiter werden Lösungen für ein Problem gesucht. Oft leitet ein Moderator die Sitzung.
Rollenspiel Nach Edward de Bono übernehmen die Teilnehmer der Diskussion in verschiedenen Rollen symbolhaft jeweils eine bestimmte Denkrichtung (z. B. kritisch, neutral, enthusiastisch usw).
Mindmapping Eine Methode, mit der die Parameter eines Problems in bildlicher Form strukturiert werden. Sprachliches und bildhaftes Denken werden so miteinander verknüpft. Auf einem Flipchart o. Ä. werden Assoziationen zusammengeschrieben und in ein Baumdiagramm zusammengestellt.
Simultan Thinking Neue Kreativitätstechnik nach Anders Björk in Jahr 2000 entwickelt, die systematisch die Ressourcen des Unterbewusstseins nutzt. Das Unterbewusstsein kann Lösungen für unterschiedliche Probleme in einem einzigen „Gleichnis“ (Bild, Traum) anbieten. Die so geschaffene Verknüpfung liefert neue und überraschende Ansätze.

Kommunikation

Tipps: Verbesserung der Kommunikationsfähigkeit

- Gelassenheit als Basis tut Not.
- Sprachregeln beachten:
  - Den Konjunktiv vermeiden und dafür klare und eindeutige Aussagen treffen, z. B. „Ich stelle fest“, statt „Ich würde feststellen“.
  - Auf Negativ-Formulierungen verzichten, z. B. „Das klappt“ statt „Das würde sicher klappen“.
  - Nichts relativieren, sondern klare Belobigungen oder Kritik aussprechen, z. B. „Das ist schlecht“.
  - Vermeiden Sie Verlegenheitsformulierungen, z. B. „im Prinzip“ und Negativ-Worte, wie z. B. das Wörtchen „etwa“ in dem Satz: „Konnte ich damit etwa weiterhelfen?“
  - Anredebezogenen Sprachstil beachten: Nicht Sie tun etwas, sondern Ihr Gesprächspartner bekommt etwas von Ihnen.
- Nicht nur reden, sondern auch bewusst zuhören.
- Sprechtempo: Langsam und deutlich sprechen.
- Intonation: Passen Sie den Tonfall dem Gesagten an.
- Mimik und Gestik: Unterstützen Sie das Gesagte durch Ihr Auftreten und beobachten Sie die Körpersprache Ihres Gesprächspartners.
- Längere Aussagen sollten gegliedert sein, damit der rote Faden nicht verloren geht.

- Fragen Sie höflich nach persönlichen Statements, z. B. „Mich würde interessieren, wie Sie darüber denken." und treffen Sie selbst persönliche Aussagen, d. h. verstecken Sie sich nicht hinter fadenscheinigen Ausflüchten etc.
- Zeigen Sie ruhig Gefühle, denn wer diese erkennen lässt, wird als menschlicher und liebenswerter empfunden.

Büroknigge 2

Richtiges Verhalten beim Essen und Rauchen

Umgangsformen bei Tisch

- Es ist angerichtet und
  - Sie folgen zusammen mit Ihrem Tischpartner (Sitzordnung einhalten!) dem Gastgeber in den Speisesaal.
  - wenn Sie vorab einen Aperitif bekommen haben, dann sollten Sie jetzt das Glas keinesfalls mit in den Speisesaal nehmen und auch das Rauchen einstellen.
- Beim Platznehmen gilt es,
  - hinter dem Stuhl an Ihrem zugewiesenen Platz zu warten, bis alle den Speisesaal betreten haben und der Gastgeber Sie auffordert Platz zu nehmen, und ruhig ein wenig Smalltalk zu betreiben,
  - als Dame die Handtasche erst später, wenn Sie sich setzen, abzulegen.
- Während des Essens sollten Sie
  - Ihr Handy ausgeschaltet lassen,
  - das Besteck in feiner Manier benutzen, d. h. keinesfalls damit gestikulieren, z. B. die Schneide des Messers sollte stets nach unten oder in Richtung des Tellers zeigen. Wenn nur ein Besteckteil verwendet wird, so bleibt Ihre linke Hand an der Tischkante liegen. Wenn Sie einen Schluck Wein zu sich nehmen, dann legen Sie Messer und Gabel so auf dem Teller ab, dass die Zinken der Gabel nach unten und die Schneide des Messers zu Ihnen zeigend auf dem Tellerrand liegen,

- dem Personal nicht beim Abräumen behilflich sein,
- vorab die Serviette auf Ihrem Schoß ausbreiten, denn Sie sollte benutzt werden. Die Serviette aber nicht in den Kragen oder Blusenausschnitt stecken!
- mit der Serviette „ordentlich" umgehen, d. h. den Mund leicht damit abtupfen, um z. B. Fettabdrücke an Gläsern zu verhindern oder das Essen zu beenden. Wenn Sie nur kurz aufstehen, das Essen aber fortsetzen wollen, dann legen Sie die Serviette mit der benutzten Seite nach innen locker gefaltet auf Ihren Stuhl, wird das Essen beendet, dann auf den Tisch, jedoch nicht auf den Teller.

Rauchen bei Veranstaltungen und beim Essen

Erkundigen Sie sich, ob Sie rauchen dürfen, aber beachten Sie einige grundsätzliche Regeln:

- Während des Essens gilt ein absolutes Rauchverbot, auch Raucherpausen zwischen den Gängen auf dem Flur sollten unterlassen werden. Ihre Abwesenheit wäre gegenüber dem Tischpartner unhöflich.
- Während des Aperitifs und nach dem Essen darf geraucht werden, allerdings besser in einem anderen Raum oder an der Bar.
- Wer als Raucher an Veranstaltungen teilnimmt, z. B. an Präsentationen, Vorträgen oder dgl., hat sich dort wie während eines Essens zu verhalten, nämlich auf das Rauchen zu verzichten, kann jedoch während der Pausen außerhalb des Vortragssaales durchaus rauchen, wenn dies die Örtlichkeit zulässt.
- Zigarren und Zigarillos sollten mit Streichhölzern und nicht mit Gasfeuerzeugen angezündet werden.

Konversation bei Veranstaltungen

Sorgen Sie für eine angenehme, lockere Stimmung und betreiben Sie integrative Beziehungspflege:

- Kultivieren Sie einen angenehmen Smalltalk. Das heißt, verzichten Sie auf Abkürzungen und Fachtermini, zu schnell besteht die Gefahr, wieder in einen Fachdiskurs zu verfallen.
- Wählen Sie vielmehr ein Gesprächsthema, in das Sie nicht persönlich involviert sind und zu dem Sie einen gewissen Abstand haben.
- Interna sind wie Fachdiskurse kein Gesprächsthema für einen Smalltalk, auch nicht das Reden über Dritte.
- Seien Sie umsichtig, beim Arbeitsessen muss z. B. keine unangenehme Stille eintreten. Ein angenehmes Thema, das alle interessiert, ist immer zu finden (z. B. einfach über die Veranstaltung plaudern, etwa über die Räumlichkeiten) und versuchen Sie, mit möglichst allen ins Gespräch zu kommen. Niemand sollte außen vor bleiben. Dort wo Gespräche zu erlahmen drohen, sollten Sie diese wieder ein wenig in Schwung bringen. Tritt eine aggressive Stimmung auf, so machen Sie am besten einen kleinen, jedoch unverfänglichen Scherz oder isolieren Sie geschickt einen der Beteiligten, indem Sie ihn beispielsweise unter vier Augen sprechen möchten.
- Achten Sie auf die Mimik und Gestik Ihrer Konversationspartner und nehmen Sie deren Worte ernst. Langweilen Sie sie etwa?

Organisation 4

Urlaubsplanung der Assistentin

Checkliste: Urlaubsplanung und Urlaubsvorbereitung der Assistentin	
Urlaub beantragen	❑
Reise buchen	❑
Checkliste für die Zeit der Abwesenheit im Büro anlegen und evtl. variieren (s. u.), damit eine geregelte Übergabe an die Vertretung gewährleistet ist.	❑
1. Vertretungsregelung	
rechtzeitig über Urlaubszeiten informieren	❑
rechtzeitig geeignete Vertretung bestimmen	❑
kontinuierlich und nicht kurzfristig einarbeiten (Checklisten als Hilfe erstellen)	❑
Eigenheiten des Chefs vermitteln und auf Besonderheiten hinweisen	❑
Arbeitsabläufe genau erklären und Missverständnisse im Vorfeld ausschließen	❑
Inhalt eventueller Wiedervorlagen besprechen	❑
Ablageorte erläutern	❑

2. Sonstige Vorbereitungen

Ablage: unbedingt aktualisieren	❑
Terminkalender: Vorbereitung wichtiger Vorgänge	❑
Wiedervorlage: Vorbereitung oder Voraberledigung von Vorgängen	❑
Checklisten als Hilfsmittel erstellen, z. B. zur Projektzuständigkeit, Besuchs- und Reisevorbereitung	❑
Checklisten übergeben und informieren, was bereits veranlasst wurde und was noch in die Wege geleitet werden muss	❑
Postverteilung festlegen	❑
PC-Check: z. B. Kennwort (nach Absprache mit dem Chef bekannt geben), Datensicherung vornehmen (vertrauliche Dokumente im PC mit speziellem Kennwort schützen), E-Mail-Management erklären etc.	❑
Schlüsselübergabe: Büro-, Schreibtisch- und Schrankschlüssel (evtl. Safeschlüssel) etc.	❑
Urlaubsadresse (inkl. Fax- und Telefonnummer) hinterlassen	❑

Urlaubsplanung der Assistentin

Workshop-Verzeichnis